绿地文学丛书

寂静的芳芳

马永成 著

黄河出版传媒集团
阳光出版社

图书在版编目（ＣＩＰ）数据

寂静的芬芳 / 马永成著. -- 银川 ：阳光出版社，
2013.8
（绿地文学丛书 / 高耀山主编）
ISBN 978-7-5525-1007-2

Ⅰ. ①寂… Ⅱ. ①马… Ⅲ. ①散文集－中国－当代
Ⅳ. ①I267

中国版本图书馆CIP数据核字(2013)第203276号

绿地文学丛书　　　　　　　　　　　　　　　高耀山 主编
寂静的芬芳　　　　　　　　　　　　　　　　马永成 著

责任编辑　冯中鹏
封面设计　邱雁华
责任印制　郭迅生

黄河出版传媒集团
阳　光　出　版　社　　出版发行

地　　址　银川市北京东路139号出版大厦　（750001）
网　　址　http://www.yrpubm.com
网上书店　http://www.hh-book.com
电子信箱　yangguang@yrpubm.com
邮购电话　0951-5044614
经　　销　全国新华书店
印刷装订　银川市开创广告印刷有限公司
印刷委托书号　（宁）0015449
开　　本　880mm×1230mm　1/32
印　　张　7.25
字　　数　160千
版　　次　2013年8月第1版
印　　次　2013年8月第1次印刷
书　　号　ISBN 978-7-5525-1007-2/I•356
定　　价　298.00元（全十册）

目　录

第一辑　寻美山水

第二辑　寻美生活

第一辑

寻美山水

渭河的歌

离开家乡几十年了，对家乡的人和事都渐渐淡忘了，唯有渭河常使我梦萦魂绕。我从小在渭河边长大，渭河使我对外边的世界产生了向往，萌发了多少少年梦！每到秋天渭河发大水，从上游漂下来很多没有见过的东西，我就想象着上游远方的世界。渭河滚滚东去，流向远方，又使我对远方产生了无限的遐想。从未出过门的我，渭河是我最早的启蒙者。我幻想着长大以后要到外边闯世界。

夏天的渭河是孩子们的世界。小时候我常在渭河里游泳，一到暑假，整天在渭河滩上拔猪草，干农活。渭河滩上的沙地水小的时候可以种花生、红薯。一旦秋天发洪水，就全都被淹没了，水大的时候什么都种不成。由于河床水道三十年河东，三十年河西，渭河中滩的沙地就成了我们村子和河对岸村子的未定界限，所以常常两个村子为争渭河滩上的沙地打得不可开交。有时候我们河北边村子在前头种花生，河南边的村子再在后头种红薯，有时候还不等花生红薯成熟，两个村子都抢着收，常常打得头破血流。人们常不以为然地说，渭河上的战争从来都不会停止，这算什么？于是就有上年纪的人津津有味、神采飞扬地讲着讲过多少遍老掉牙的故事：过去渭河滩上……

渭河滩中间有一个空军投弹的靶场，靶场是用石头在河滩

上围成的圆圈，圆圈里用石头砌成个大"十"字形。在"十"字的中间有一高杆上挂着红旗，就是飞机投弹的靶心。靶场外的河滩上，有用巨大的铁皮做成 T 形的靶标，一遇飞机投弹，靶场周围几里路上都有解放军站岗，不让行人通过。每次投弹演习完后，周边的农民都跑到靶场上拾弹皮卖铁。经常有人被炸弹炸死的事发生。

小的时候，渭河一到秋天就发洪水，渭河边上的村子常遭水灾。有一年大水淹了瓜田，队长扯着嗓子喊"谁捞上算谁的"。那时候，我表现得特别兴奋和勇敢。渭河边有一个村子的人都姓罗，叫罗家村，每到秋天发洪水，大水就漫了村子。讲迷信的人都说这个村名字起得不好，"罗家"与"挪家"读音相近，就是搬的意思，干脆改村名，不能叫罗家，要改成"撑家村"。没想到，第二年洪水更猛。于是人们都怨不该改名叫"撑家村"，惹怒了龙王，就又继续叫"罗家村"了。洪水是一阵阵的事，天命不可违，这里的人祖祖辈辈生活在这里，靠渭河养育着，他们是河的子孙，永远离不开渭河。

后来公社成立了防洪指挥部，号召人们治理渭河。人们拉着架子车，从几十里外的秦岭山下拉来大石头砌成拦河大坝和防洪堤。于是洪水得到了治理，再也不泛滥了。渭河岸成了美丽的防洪大堤，堤上种植了茂密的槐树，成了渭河一道美丽的风景线。渭河滩上还种了水稻、苹果等农作物。

我中学毕业后，也成了防洪治河的一个民工，天不亮就和大人们一块拉上架子车，到几十公里外的秦岭山下拉石头，拉 1000 斤石头记 40 个工分，合人民币 2.8 元。冬天在刺骨的渭河里捞沙子，那种苦役般的劳动使我从小就感受到了生活的艰苦与沉重。

那时，我常站在渭河边上向远处眺望，幻想着外边的世界，幻想着美好的生活。几十年后的今天，我远离了家乡，远离了渭河，远离了那苦役般的劳动，但难以忘却我在渭河防洪工程中那孱弱幼小的身子和那繁重的劳动给我留下的烙印，还有一个幼稚少年对未来生活的遐想。正是那种苦难经历，鼓励我走出苦难，发奋努力。

今年暑假，我又回到故乡，回到了渭河边上。

从宝鸡坐车沿渭河到五丈原、钓鱼台、太白山森林公园旅游，感受渭河的古老风韵，追寻渭河两岸三国古道的战争遗迹。渭水长流，传颂着一代历史名人诸葛亮的高风亮节，战场古地记述着一代英雄豪杰威武壮烈的丰功伟绩。渭河两岸再也找不到古战场的痕迹，可在那三国之战中熟悉的名字，依然熟悉。诸葛亮鏖战渭河之滨，六出祁山的祁山，五次伐魏设中军帐的黥落城、五丈原，火烧司马懿的葫芦峪，明修栈道、暗渡陈仓的陈仓以及诸葛亮伐魏驻兵的大本营九龙山，司马懿的点将台等地名，依然沿用。渭河岸边处处遗迹留下众多的历史故事和美妙传说。昔日用兵之地，现在成了农民的责任田，连成一片青纱帐般的玉米田。站在葫芦峪，遥望五丈原、棋盘山、斜峪关、三道岭等昔日蜀魏屯兵的地方，一幅星罗棋布的军事地图似

乎展现在我的眼前。

在渭河边的眉县常兴火车站，有一个扶眉战役烈士陵园。这里是 1949 年 5 月解放战争中西北野战军在彭德怀司令员的指挥下，在扶风、眉县和国民党残余胡宗南、马鸿逵、马步芳的战斗中牺牲的烈士长眠的地方。当年渭河岸边演绎了一幅新中国解放战争的枪炮轰鸣的画卷，国民党的残兵败将被赶下渭河，死伤无数。扶眉战役在渭河滩上的一战，给陕西的解放战争画上了句号。

渭河是陕西关中地区的第一大河，它一次次地经历了战争的风云变幻和世事沧桑，也见证了发生在这里多少可歌可泣的故事。

如今的渭河上已没有了战事，也没有了洪水泛滥的现象。近年来，由于太平洋亚热带高压的影响，气温逐渐变暖，出现了很多河流断流现象，渭河的水也越来越小了。昔日荒芜的渭河滩都种上了庄稼，扩大了渭河边人民的耕种面积，渭河岸边修建了万亩鱼池，百亩果园。渭河边的"杨陵农业示范区"成了全国农业科技推广的示范区和科研中心，度假村、水上游乐园等旅游设施齐全。一个新型的现代化的农村景象正在古老的渭河古道上崛起。

家乡的河彻底摆脱了历史的战争风云和自然的洪涝灾害，正以日新月异的变化，改变着她的形象，装点着家乡的美景，谱写着新韵新歌。站在渭河边，我的思绪从远古回到了现实。从宝鸡到西安，沿渭河旅游，我就像一个历史的检阅者，静观着渭河边神奇的变化，思考着渭河岸边的过去与未来。愿家乡的河更美，河边的人民更富，渭河将会延续关中平原更文明、更灿烂的历史。

走进天安门

　　二十年前我第一次去北京时，第一个想去看的景点就是天安门。

　　我站在金水桥上，注视着美丽壮观的天安门城楼，心潮澎湃，激动万分：这就是中华民族的象征，祖国的心脏？这就是我曾无数遍咏唱的天安门吗？我从不同角度贪婪地拍摄着天安门的雄姿。当时的天安门城楼还没有对外开放，不允许游客登上天安门城楼。

　　今年暑假我们一家三口去北京旅游，我们要去的第一个景点仍然是天安门广场。天安门城楼开放后，每天有很多人登上城楼参观。

　　天安门原为明清两代皇城的正门，高大的红色城墙上，有五个拱形的门，城上有九开间的重檐歇山城楼，红柱黄瓦，巍峨壮丽。门前有金水桥，跨护城河有汉白玉石桥，两边有一对华表，桥前就是著名的天安门广场。天安门城楼雄伟美丽，它庄严肃穆的图形构成了我国国徽的图案。

　　我们一家人怀着崇敬的心情登上了天安门城楼，在登城楼的台阶时，我想象着开国大典时毛主席从这个台阶登上城楼时的情景。

天安门城楼上面不像其他古代建筑有附设建筑或厢房，她只有一个正殿大厅，大厅内陈列着国家领导人开会休息用的沙发茶几之类，西墙上挂着董希文画的那幅著名的油画——《开国大典》。我非常喜欢这幅画，我家里还珍藏着这幅油画的印刷品。这幅画画的是一九四九年十月一日开国大典时毛主席在天安门城楼上向全世界庄严宣布"中华人民共和国成立了，中国人民站起来了"时的场面。今天能在这特定的环境里亲眼欣赏这幅著名的油画原作是一件十分幸福的事。

从大厅出来，我首先寻找开国大典时毛主席站的位置，人们纷纷在这个位置上照相留念，别有一番情趣。这个位置是从天安门城楼上看广场的最佳角度。站在这里看广场，我又像二十年前初来北京看天安门一样激动：庄严的广场，雄伟的人民英雄纪念碑，壮丽的人民大会堂展示着中国人民的宽广胸怀和英雄气概，肃穆的毛主席纪念堂凝结着全国各族人民对毛主席和老一辈革命家的深切缅怀和崇高的敬意。

我到过很多城市，游览过许多名胜，可最让我心情激动的还是登上天安门城楼。在天安门城楼上，站在毛主席曾站过的位置看天安门广场，不由得浮想联翩，思绪万千。

天安门广场自鸦片战争以后，至今一个半世纪一百五十九年的时间，这里就没有平静过。时代的风云变幻，历史的世事沧桑都曾在这里演绎。天安门广场史就是一部中国近代史，我不敢想象八国联军和侵华的日本鬼子当年是如何在天安门广场肆意横行，五四运动反动军阀如何的暴虐。这一切都是对神圣的天安门和天安门广场的一种凌辱与亵渎。天安门前无论走过欢乐的人群，还是发生过血腥的镇压，天安门城楼都无言地注视着广场，注视着发生在这里的一次次运动与革命，她像一位慈祥的世纪老人静观着人们在这里一次次的表演，而形成的历史，写下了中华民族无数次的磨难沧桑与风雨春秋。

我在天安门城楼上流连忘返，久久不愿离去，一遍遍地追寻历史的画卷，英雄的足迹。"问苍茫大地，谁主沉浮？"脑际萦回着一个坚定有力的声音："昔秦皇汉武，略输文采；唐宗宋祖，稍逊风骚；成吉思汗，只识弯弓射大雕。俱往矣，数风流人物，还看今朝。"世界上还能有什么样的语言比她更能给人们一种信心，一种鼓舞呢！只有在以毛泽东领导下的中国共产党才能领导中国人民走出苦难，摆脱三座大山的压迫，也只有在毛主席向全世界庄严宣布"中国人民站起来了"之后的半个世纪以来，任何外强都休想再来欺负中国人民。

每每从电视上、电影上看到毛主席站在这里，那伟岸的身躯和不紧不慢、铿锵有力的声音我都感到亲切，为之振奋。现在华夏儿女把天安门和五星红旗视为心中最神圣、最崇拜的象

征。想起天安门和五星红旗，中华健儿就会一次次顽强拼搏，把中国的国旗一次次骄傲地升起在异国他乡，让那些蓝眼睛红头发的外国人赞叹。想起天安门，共和国的卫士们就更加英勇顽强地保家卫国，浴血边关。天安门和五星红旗曾激励过无数仁人志士为了共和国的解放和安宁、繁荣和富强，抛头颅，洒热血。天安门和五星红旗能使华夏子孙产生无穷的凝聚力和无坚不摧的战斗力。

登上天安门城楼，走进天安门，我似乎听到祖国心脏跳动的脉博，那就是全国各族人民紧密地团结在中国共产党的周围，以胜利的信心，开创新的生活，取得更大的成绩，迎接祖国的繁荣与强大。

我依依不舍地离开了天安门，耳畔仍回荡着那浓浓的韶山普通话："中国人民站起来了……"

延安思绪

　　小时侯唱着《东方红》、《延安颂》的时候，我就非常向往延安这个神圣的地方。今年正月我专程去延安旅游，一到延安就情不自禁地想起了贺敬之的《回延安》，心情格外激动。

　　宝塔山首先映入眼帘。巍巍宝塔是延安的象征。延安大桥、清凉山、嘉岭山、延河水、杨家岭、枣园这些闪光的名字在我上小学的时候就从电影里、书本里熟悉、向往，所以，虽然今天是第一次来延安，却一点不觉得陌生，现在身临其境，倍感亲切。

　　延安是陕北黄土高原千山万壑中一块不大的空地，这里三面靠山，一面临水，延河在这里掉头向东，延安的街市就在这里沿着山川，顺着延河弯成了一张弓。现代化的楼房和古老的窑洞错落混杂。几十年的革命传统教育，在我的想象中延安就是"土窑洞、小米饭、羊肚子手巾三道道蓝"的民俗风情。当我真正到了延安后，看到的却是一个很美丽的现代化城市，高楼林立、车水马龙。延安百货大楼新潮气派，亚圣宾馆高耸入云，装潢高档的商场饭店，随处可见，五彩缤纷的霓虹灯流光溢彩。大街上不仅看不到羊肚子手巾三道道蓝装束的陕北汉子，满街的人西装革履、奇装异服比比皆是。桑拿浴、歌舞厅，灯红酒绿，十几路公共汽车繁忙地运行，各种出租小车匆忙地跑着，络绎

不绝，现在的延安一点都不逊色于别的大城市。过去在我的想象中，延安应该是人们思想高尚、物质贫穷，艰苦朴素等革命的样子，应该是当年毛主席在这里闹革命时的那个延安，那样一尘不染，而对现在延安的繁荣，似乎有一种莫名的失落感。

中国共产党在毛泽东的领导下，经过了艰苦卓绝的二万五千里长征后，自从在延安落脚后，转危为安，从此中国革命一步步取得了胜利。在延安的13个春秋，毛泽东和他的战友们，在这里谱写了中国革命和中国共产党史上最光辉灿烂的篇章，是人心向往的时代，也是毛泽东历史上最英明、最光辉的时代。毛泽东用他的聪明才智，把马克思主义同中国革命的具体实际想结合，领导中国人民赶走了日本强盗，打倒了蒋介石，奠定了新中国的基础，使中国人民对毛泽东产生了无限的爱戴，对延安产生了无限的向往，使经受了几百年灾难深重的中国人民看到了中国的希望。延安人首先唱出了"东方红，太阳升，中国出了个毛泽东，他为人民谋幸福，他是人民大救星……"唱出了全中国人民的心声，这是中国人饱受了三座大山的压迫，看到中国革命的希望后的呐喊，是对领袖的爱戴和赞颂，世界上的赞歌有千首万首，没有哪一首赞歌比"东方红"那样发自肺腑的讴歌，广泛地深入人心。因而，延安就成了人们心中的圣地。在战争年代，多少仁人志士克服重重阻力，投身到延安的怀抱，跟着毛主席闹革命，出现过多少感人的故事。

我怀着多年的向往和神话般的敬仰来到延安，瞻仰了杨家岭毛主席的旧居。走上杨家岭，首先看到的是中央大礼堂，在山沟下层层的土窑洞旁，矗立着一个具有异国情调的殿堂，显得格外气派非凡，当年在这里召开了中国共产党党史上最重要的第七次全国代表大会、最著名的《延安文艺座谈会》。在礼堂前挂着一九三七年文艺座谈会的合影。走进中央大礼堂，寂静肃穆，朴素深邃，让人产生深深的敬意。站在这空荡荡的礼堂，看着主席台上仍保持着当年七大会场的情景，回想电影中毛主席当年在这里慷慨激昂地作《论联合政府》的报告，号召中国共产党和中国人民赶走外国侵略者、推翻三座大山时那有力的手势，他把渊博的知识和中国神话、中国革命面临的形势溶为一体的报告，是那样动人亲切，文风是那样平易而质朴，他挥手之间的气派给当年每一个中国人产生的鼓舞，是那样的强大和不可战胜。看着这寂静的礼堂，我想象着他当年在这里用浓浓的韶山口音号召中国人民要像愚公移山一样地挖山不止、摧毁腐朽，是那样的具有号召力……

礼堂旁边靠山坡的一排土窑洞就是毛主席和朱德旧居。站在杨家岭毛主席旧居前，我久久地凝望着伟人住过的窑洞，回想过去歌中唱的"杨家岭窑洞的灯火，照亮了中国革命的航程"的歌词和旋律。窑洞里陈列着毛主席用过的一张大床和一张办公桌，墙上挂着毛主席当年在这里伏案疾书的照片。在这里毛主席写下了一篇篇光辉著作，指挥了中国革命的胜利。就在这个窑洞里，表现了毛主席"指点江山、激扬文字"的非凡才能，展示了一代风流人物的英雄气概。看着窑洞前的小石桌就想起毛主席当年在这里会见美国记者时，谈笑风生地指出"一切反动派都是纸老虎"的豪气。周总理说过："我们用最小、最简陋的指挥部，指挥着全世界最大，最有意义的战争"。这里就是中国革命的心脏。我想象着毛主席当年如何在这里开荒，如何在延河边和小战士谈心，在农田旁和老乡聊天，和延安人一块过大年、闹元宵，以及他的父子情怀、儿女情长和领袖风采。毛泽东是伟人，他有伟人的伟大，同时也是凡人，也有凡人的

烦恼。窑洞坡下的小渠边，还保留着毛主席当年提倡开展丰衣足食大生产运动时亲手开发的一块荒地。

在延安革命纪念馆里，陈列着延安十三年革命历程中的许多珍贵文物和照片。特别在大生产运动中，枣园举行军民纺线比赛，周恩来、任弼时等中央领导都被评为"纺线能手"。现在还有他们用过的纺车。墙上挂着毛主席作报告的大幅照片，衣服和裤子上补着几个大补丁，柜子里就陈列着拍这张照片时穿的衣服。

看着毛主席用过的简朴的衣物，想想现在常常报道的那些落马的腐败分子，哪一个不是挥金如土的大肆奢侈享受？革命前辈为了中国的革命事业艰苦奋斗的精神，真让人可歌可泣。延安时代，虽然贫穷，但这里民风淳朴，人人大公无私。周恩来在重庆谈判时向那里的人介绍延安时说"延安没有吸大烟、没有卖淫、没有人剥削人"，让世人震惊和佩服。从一份资料上看到，延安时期，一位工作人员因工作需要到农户家吃了一顿饭，没给饭票受了批评，撤了职，放在现在，当官的怎么能看得上到老百姓家吃一顿便饭？用公款吃一顿饭花几百、几千是平常事。

延安时期，毛主席和他的战友们一切都在为人民谋幸福，自己却吃苦在前，享受在后，他们的目的就是全心全意为人民服务。那时候在他们的旗帜下，人们没有私欲，没有贪心，社会一派祥和，那个时代人们艰苦奋斗、大公无私、廉洁清政的作风，良好的社会风尚，是任何时代都不可比拟的。

几十年过去了，延安时代仿佛离人们非常地遥远了。现在改革开放大搞经济建设，人们对物质的追求大大超过了精神建设，人们的物质生活富裕了，但思想境地、社会风尚，比过去差了，所以我们不能忘记老一辈革命家培育的延安精神。延安精神，不仅是那个时代打败日本侵略者、打倒蒋介石建立新中国的强大动力，而且是现在及未来社会长治久安的精神食粮，是中国共产党和中华民族取之不尽、用之不竭的宝贵精神财富。

我们永远不能忘记延安，不能忘记延安精神！

神奇的太白山

渭河南的秦岭主峰太白山，传说是太白金星的化身，在这云山雾海的深处，隐藏着世人罕见的神奇。

太白山入口处的汤峪口，过去有很多庙宇，二郎神庙就是这里最有特色的一大景观。人们传说从二郎神雕像上流出的温泉，可以治百病，远近的游人都到这里求神拜佛，洗浴游玩。过去人们只在汤浴口一带活动，很少有游人去主峰的太白山旅游，只有那些迷信的老太太们背着吃的成群结伙地去太白山朝山拜佛。回来的人说太白山顶有一个神奇的湖，湖水清澈见底，水面上没有任何杂物，如有杂草树叶掉入，马上就有飞鸟衔走，从水中还可以看到当时健在的中央领导人等等，传说的神乎其神。

我家离太白山的汤峪口有几十里路，母亲对别的女人带着香火干粮结伴去朝太白山很羡慕，她就是脱不开身去。我小时候常到汤峪口拉石头，没有时间光顾汤峪口太白山的景色和神话。如今老家的太白山成了国家森林公园，远近闻名，新闻媒体常常介绍太白山的旅游，涌起我对太白山的神往。

去年暑假，我专程到太白山旅游，随旅游团作为一个闲情逸致的游客旧地重游。三十年前我和民工们黑天半夜在汤峪口的山坡上刨石头的情景又浮现在眼前，不同的是当年的荒山坡变成了苹果园、度假村，高楼宾馆随处可见。这里靠山吃山，凭汤峪口的温泉、太白山的旅游景点，吸引了很多游客。各种宾馆、游泳池比比皆是，昔日荒凉的汤峪口成了一个繁华的旅游胜地。

汤峪口森林公园进山的大门，是一个造型美观、古香古色的门牌坊，上面写着"太白山"几个大字，刚一进大门就能看到一个重达百吨的巨石，上面有唐高宗李治题写的"神功"二字。神奇的是这块巨石，普通人都能推动，有一种摇摇晃晃、飘飘欲仙的神奇感觉，但是多少人又推不倒它。

从汤峪口乘山里的旅游专车进山，每到一景，都停车游览，导游就引导我们的视线，什么骆驼峰、铜墙铁壁、开天关、世外桃园，都是根据山形编个传说，然后再发挥个人的想象，只有三国古栈道是真的，可以想象到三国时从关中到汉中的必经之道，易守难攻，诸葛亮多次由此北进，从这条栈道可以寻到李白吟叹《蜀道难》的意境。

药王栈道，传说是孙思邈采药时，他的儿子一剑劈下来留下的遗迹。沿途一路景观一个个都有一个很形象的造型和神秘的传说。太白山最神奇的是五个植物带，逐次展现在游人面前，使游人同时可以看到一年四季不同的景色。这里分布着在地球上几千公里才能有的四个气候带，游人能在一坡之上走遍四个季节，树木也有四季不同的颜色。上山前每人都租了一件大衣，"太白积雪六月天"是太白山的一大特色，山下烈日炎炎，山上树木有春天的葱绿，也有夏的茂盛，秋天的万紫千红，更有冬日的枯木皆冰。山顶则是常年不化的千年积雪，因而，太白山以它独特的"太白积雪六月天"而冠名。山里跑的中巴车上都写着："太白积雪六月天"，特意展示它的特色。独特的太白红彬林、落叶林、桦木林，层林尽染、万紫千红，鸟语花香。

坐在缆车上，山腰云雾缭绕，松涛似浪，云海茫茫，美不胜收。缆车载人徐徐而上，给人一种飞天的感觉，仿佛在群山之巅翱翔，正如当地人炫耀的那样："到了太白山，人人都成仙"的感觉。到了下板寺，海拔 2940 米，这里是高山杜鹃的海洋，云雾在脚下飘荡，人完全置身于云里雾里，这里是看云海的最佳地方。远望七女峰弥漫在一片云海之中，似仙女在云雾中翩翩起舞，涌动的云雾使山峰时而露出，时而淹没，如大海中的岛屿，格外神奇。

最神奇的是在太白山海拔 3700 米的高山之巅，竟有一个神奇的"四湖连珠"，即大爷海、二爷海、三爷海和天池。它们就像一颗晶莹剔透的宝石镶嵌在这怪石奇峰中，故称"四湖连珠"。这里就是神话传说中的神湖，据说到了神湖不敢胡乱说话，不敢胡思乱想，否则，让你有来无回，灵不灵验谁也不敢试一下。

太白山顶的拔仙台海拔 3767 米，是秦岭最高的地方。山顶东窄西宽，在这里登高远望，俯首秦岭群峰叠翠，一览众山小，放眼天地宽，这里终年积雪，真有"举手可揽月，前行若无山"的意境。

太白山上有丰富的资源。"太白山上无闲草，各种花草都是药"。游遍太白山如同观赏了李时珍的《本草纲目》。太白山还隐藏着许多珍贵动物。太白山有泰山的古朴、华山的险峻、神农架的神奇、九寨沟的多姿，又有它独特的博大深邃、壮美雄宏。它是一座神奇的山。

庐山的别墅

神奇、秀美的庐山，自古以"不识庐山真面目"而闻名遐迩。她的钟灵毓秀，峻美神奇，使陶渊明、李白、白居易、苏轼等无数文人墨客留下了对庐山的无尽赞美，也使毛泽东、蒋介石在此演绎了一场仁与智、正与邪的较量，更加渲染了庐山的神秘。其实真正登临庐山，你才会感到，无论李白的"望庐山瀑布"，还是毛泽东的"暮色苍茫看劲松"，苏轼的"不识庐山真面目"，都不过是诗人浪漫主义的夸张，正如徐霞客所言："五岳归来不看山，黄山归来不看岳"。庐山真正让人赞美的不仅是自然美景和名人效应，更有庐山那别具风情的万国别墅。

庐山气候四季适宜，特别是夏天不热，冬天不冷，堪称"冬暖夏凉，春媚秋爽"。另外，庐山山顶地势宽广，山上有城，有宾馆、饭店、街道、学校、商场、医院，她不像黄山、泰山、华山那样狭小，因而，是建筑别墅的好地方。

登上庐山的最高峰五老峰，俯瞰山下，长江与鄱阳湖相汇，烟波浩淼，波光粼粼，庐山历历在目，一览众山小，山峦叠翠，郁郁葱葱。庐山面目并不难识，只是掩隐在青山翠柏中似藏似露的一幢幢别墅才让人觉得神秘莫测，美丽非凡，格外娇艳。近看依山傍水，鳞次栉比，千姿百态，造型各异，共同的是红铁皮瓦房顶，万绿丛中一点红，点缀着一片美丽的绿海，远眺

像红色的珍珠玛瑙，星罗棋布。

庐山别墅建筑起源于 1895 年，英国传教士李德立当时买通了地方官绅，以 200 两黄金租借了庐山昔日称为长冲东谷的 600 亩土地，作为避暑胜地，大兴土木，建起了一幢幢大小别墅。接着美、法、德、日、俄、荷兰、瑞典、加拿大、澳大利亚等 25 个国家的传教士和国民党高官商贾相继建筑了风格各异的别墅群。至今，别墅总数达 1000 余幢。庐山素有"万国别墅博物馆"之称，这些别墅融西欧建筑艺术、文化和中国文化风格为一体，和庐山得天独厚的自然景观于一炉，具有建筑文化和自然完美结合的双重价值。

别墅的命名，一种是按照别墅原属行业的性质取的，如原亚细亚银行别墅。一种是按宗教取名的，如瑞典教会别墅，也有按房主的名字取名的，如马歇尔别墅、汪精卫别墅等。新中国成立后全部归国家所有，用作接待各种会议和旅游团。现在部分别墅被拍卖。

在所有的别墅中，最有名的是蒋介石住过的"美庐别墅"，上下两层以欧式主楼造型，坐东朝西，古朴典雅，有附房和长廊，显得错落有致。宋美龄的卧室，中间一张双人床，右侧放置一圆形雕花的梳妆台，左边柜上摆着精致的象牙雕扇，象牙雕群猴，墙上挂着宋美龄画的油画，书柜里陈列着她当年在这里看过的英文书。蒋介石的卧室和宋美龄的相仿，只是多了一张躺式沙发。解放后，这里曾是外国元首和我国领导人下榻的地方，毛主席曾在 1959 年和 1961 年中央会议期间两次住在这里，而且住着蒋介石曾经住过的屋子。蒋介石在这里指挥了对毛泽东的三次大围剿，咬牙切齿地要"杀朱拔毛"，结果没有消灭毛泽东，却被毛泽东从这里赶到他的老家奉溪，最后赶到台湾。

因此，庐山的"美庐"别墅，在政治、历史、文化上都具有重要的意义。

蒋介石在最后离开庐山时，他估计可能将失去大陆和"美庐"，在他极度留恋、悲伤痛苦的情况下，提笔写下"美庐"二字，意为美丽的庐山，或美龄的别墅，让人把这两个字刻在庭院院子的一块巨石上。据说，毛主席第一次登临庐山住在美庐，一天，毛主席外出归来，听到叮叮当当的凿石声，发现工作人员要錾削"美庐"二字，毛主席赶忙制止，毛主席说："这是历史，蒋介石在这里住过的事实不能否定。"毛主席看了半会，风趣地说："蒋先生的字写得不错，就是把美字写得太散了，从下往上念成了'大王八'。"

站在这块蒋介石手书"美庐"的巨石前，我久久思考着历史，想象着蒋介石和毛泽东曾在这里站过的情景，和毛泽东非要住蒋介石曾在这里住过的屋子，睡蒋介石睡过的床时的情景。有记载，蒋介石在这里指挥过对毛泽东的三次大围剿时，首先提出"攘外必先安内"的战略方针，也在这里接见过国内外官员、要人。最突出的是在这里拒绝了美国大使马歇尔国共合作的建议，表明了他的剿共决心。还有他曾在这里纵论天下、煮酒论英雄。至于毛泽东在这里是怎么想的，没有记载，但人们可以充分想象到一代风流人物胜利后的喜悦心情和他那气势磅礴的《沁园春·雪》的诗篇。

如今一切都已成为过去，只给人们留下了无尽的话题和思考。这块巨石前仍有无数游人驻足深思，风流人物都已作古，庐山"美庐"依然无言地注视着世事沧桑。

韶山游记

　　从长沙到湘潭，在转乘去韶山的汽车站上停满了出租面包车。车主用湖南普通话喊着："到韶山，到韶山的车走喽"。我顿时心头一热。我从大西北行了几千里路，转乘了多次车，上了这趟车，不用再问路就可以到韶山了。

　　经过一个多小时的颠簸，一个真实的韶山神话般地展现在我的面前。和我多年前从画报上、电影上看到的红太阳升起的地方一模一样。毛主席的故居在韶山冲小溪中上游的上屋场，依山傍水。土墙青瓦，整齐有致的农舍是湖南农村常见的凹形住宅。房子坐南朝北，前面有紧紧相连的两个池塘。

　　我徜徉在中国人崇拜了多年、神话了多年的伟人故乡，看了毛主席游过泳的池塘和生活过的住宅，想象着当年幼小的毛泽东在这里成长时如何在池塘里嬉水，在池塘边和他父亲怄气示威、如何在堂屋学习，一块和他母亲信佛……瞻仰伟人的足迹，寻找历史的脚印，想象着毛泽东的祖先是如何看上了这般美好的风水？毛泽东的父亲总和爱读书叛逆的儿子弄不到一块儿，他只希望儿子能管理好他的小农经济，继承他上中农成份的家业，何曾把中国的命运和儿子连接到一块，又何曾知道儿子将成为新中国的缔造者和一代领袖？

　　韶山的农民说："我们沾了毛主席的光"。这里现在成了旅游区。农民基本不种地了，都以各种旅游服务为生。这里的人都是典型的、矮小形的南方人特征，很难见到毛主席那么魁梧的身材。这里引人注意的、有趣的是街两边的饭馆很多都写着"正宗毛家饭店"、"毛家饭馆"。来韶山之前，我就听说过韶山有家出名的饭馆是毛主席的邻居开的，非常的传奇。韶山的饭馆和全国各地旅游区的饭馆一样，喊叫着拉客。不同的是韶山饭馆叫客摆的都是主席菜谱，主人站在门口高声喊着："正宗的毛家饭馆，主席菜谱"。究竟谁是正宗的呢？在一个毛泽红饭馆前经不住主人的宣传，毛泽东、毛泽红一字之差，谁知吃过饭才知上当。

后来在主席故居池塘对面的一家饭店看到王首道题写的"毛家饭店"几个遒劲有力的大字。果然这家就是我要找的正宗的毛家饭店。屋的正堂有一尊和主席身高一样的铜像，墙上挂着店主人和毛主席的合影照。主人是一个满头银发十分刚健的老妇人。她指着照片上站在毛主席身边抱小孩的小媳妇说："这就是我，这是一九五九年毛主席回韶山时照的。"老人说她家和主席家是邻居。解放后建故居时，政府动员她家搬到这里。主人姓汤。我问："您姓汤为什么叫毛家饭店？"她说："我是毛主席的邻居，有义务招待毛主席的客人，来韶山的人都是毛主席的客人，我是第一个在韶山开饭馆的，所以就起名叫'毛家饭店'。"的确，这家饭馆的菜比别家的味道好，价格便宜，服务热情。临别时老人送给我们每人一枚她和毛主席合影的纪念章，到了韶山吃过毛家饭店的饭，给人一种亲切感。

韶山因为是毛主席的故乡而闻名。韶山位于湘潭、宁乡、湘乡三县的交界处。韶原是舜帝的乐曲名，《尚书》记载："箫韶九成，凤凰来仪。"韶乐为吉乐，相传舜帝南巡荆州，被潇

湘山水陶醉，登山以奏韶乐，凤凰翩翩起舞而至，这山因此得名韶山。韶山最高峰偏北，有龙头山、黄峰山、虎歇坪三山一脉相连，自东南西三面环抱，中即为滴水洞山谷，山顶就是毛家祖坟。据说这里风水好，龙头山、虎歇坪聚龙的灵、虎的威通三山之风，贯八面之气，藏龙卧虎，风云际会。传说过去毛家祖坟周围古木参天，老虎冬天来此朝阳取暖，夏天来此取荫避暑，滴水洞人称"中国第一洞"。一九五九年，毛主席回韶山，建议在滴水洞盖几间房子，等他退休了来住。一九六零年，湖南省修建了滴水洞别墅，毛主席在发动文化大革命时，在一篇文章中说：我在南方的一个山洞里住了十几天……就是指这里。洞门是半尺厚的铁门，毛主席的住宅完全模仿中南海毛主席的住宅建造，从山外到滴水洞的路上，顺山脚的石头上雕刻了现代名人名家赞颂毛主席、赞颂韶山的书法石碑。滴水洞真是一个神秘的山洞，洞外利用山涧修建了一号、二号游泳池。

我久久地思考着，想象着毛主席当年如何在这冰冷的涧水中如鱼得水地游泳！这清澈而不见底的墨绿墨绿的深水，让人望而生畏。反正我这个游过黄河，游过渭河的游泳爱好者没有胆量在这里游泳。

毛家祠堂是毛家祭祖的地方，陈列着毛家祖宗的牌位。这里是毛主席和杨开慧创办农民夜校的地方，他们在这里向农民讲授革命的道理，从事革命活动。在毛家祠堂前面的广场上，在千峰叠翠的韶山脚下，矗立着开国大典时的毛主席铜像，气贯长虹。毛主席伟岸的身影和他慈祥睿智的面容，和这秀丽的韶山豪气并存，构成了一幅绝美的风景画，表现了毛主席指点江山、激扬文字的英雄气概。当地的韶山人除了向游客推销各种旅游纪念品和毛主席的塑像外，还向游客推销香火。他们说

"主席是至高无上的神"。很多人在主席铜像前和毛家祠堂前烧香火，在展览馆的录像中有毛主席铜像的落成典礼仪式，当时寒冬刚过，可满山的杜鹃花竟提前两三个月开了，在铜像落成典礼的那天开得特别鲜艳，成为当时的奇闻罕事。

红太阳城，是韶山的又一个人造景观，这里汇集了毛主席的革命足迹，即中国革命各个时期各地的建筑景观，展现了各个历史阶段毛主席的革命功勋和领袖风采。历史以她特有的二维空间，吞没着过去，又展现着过去的足迹。在莽莽苍苍的历史中，大浪淘尽多少风流人物。毛泽东以他的英明智慧，谱写了中国历史上最壮丽的篇章，成为中国历史上无与伦比的伟人。

夜宿韶山，天下着大雨，漆黑一团。想当年十几岁的毛泽东在那黑沉沉的夜，如何开始革命行动的一切，读毛主席十几岁离家出走时留给他父亲的诗"孩儿立志出乡关，学不成名誓不还。埋骨何须桑梓地，人生无处不青山。"使我感慨万千，肃然起敬。

三亚看海

　　看看大海，是我这个生长在内陆农村人多年的宿愿。我喜欢曹操、毛泽东、高尔基对大海的赞美和描述。小时候从《红色娘子军》里就认识了吴琼花、南霸天和椰林寨，在《解放海南岛》的故事里我就对海南岛产生了向往。一首《我爱五指山，我爱万泉河》使海南岛锦上添花，让人心驰神往。天涯海角，毛公山更使海南岛神奇。我常对着地图看海。在中国的版图上我选择了一个看海的最佳角度——三亚。

　　无论是东临碣石观沧海，普陀山看东海，蓬莱阁看海市蜃楼，还是厦门香港看海，都不如三亚看海。首先旅游就是一种逃避现实，从大西北向外逃，能去的最远的地方就是三亚。三亚在中国的版图中处于最深入大海的地方，典型的亚热带气候，和西北初春的气候形成了鲜明的对比。

　　去年春节我从银川乘飞机经广州转海口，到三亚，实现了我多年梦寐以求的愿望——到三亚看海。上午还在千里冰封、万里雪飘的北国银川，坐上飞机，下午就到了瓜果飘香、暖风宜人的南国海边。这里的气候和各种不同于北方的奇花异草，使人仿佛置身于另一个国度。

　　海南岛是中国第二大岛屿，资源丰富，风景优美，春节时的气候不冷不热，是旅游最好的去处。从海安登上去海口的轮船感到特别的新奇。这是我第一次在海上乘船，一艘艘巨轮像一个个庞然大物停泊在海边，随着一声气笛长鸣，轮船吼叫着向海的深处蠕动，身后的岸也缓缓地向后隐退。这时阳光明媚、大海悠悠，一望无际。

站在甲板上欣赏着海的博大，看着轮船在身后的海面上犁出的滚滚浪花，只嫌船开得太慢，我希望轮船能像快艇一样在海上撒欢，可随着轮船的加速和海风的骤起，船开始左右颠簸。巨大的浪头拍打着船帮，像一个个怪兽要扑上轮船。前面海天茫茫，湛蓝湛蓝的海水和天交际，轮船犁开深深的浪沟，卷起滚滚波涛，拖着长长的尾巴，翻江倒海。这时候这个庞然大物如同一叶小舟在大风大浪中飘摇。很多游客开始晕船，甲板上的人都躲进船舱。海鸥不见了，轮船开始剧烈的颠簸。我一个人站在甲板上看那惊涛骇浪的呼啸，心中十分的胆怯，生怕大海把轮船掀翻。我第一次在心里说：海是可怕的，海隐藏着毁灭，全没有海的柔情，海的大度，仿佛稍不如意就要把船吞没。这时候我希望轮船慢慢地开，千万别冒犯了大海！

渡过了一段紧张的航行之后，在天和海的交接处，隐隐出现了黑黢黢的岛屿，越来越近，越来越清晰地看到了椰林寨和风光旖旎的南国景色，接着一个真实的海南岛展现在我面前。来到三亚的天涯海角处，又看到海的另一副景象。"天涯海角"意为天之边缘，海之尽头，这说明古时候人们对于天和海认识的肤浅。这里碧水蓝天一色，烟波浩渺，帆影点点，椰林婆娑，奇石林立，如诗如画。那刻有"天涯"、"海角"、"南天一柱"的巨石雄峙南海之滨。大自然鬼斧神工地把一个个巨石嵌在这美丽的大海边上，岁月的风霜又把一个个巨石抚摸成光滑的雕塑，错落有致地设计在各自的位置，恰到好处，形成形神兼备

的杰作，与茫茫大海形成了一幅优美的海韵图。这里天高海阔，蓝天碧水，褐黄色的巨石，墨绿的椰子树把这奇石景观衬托得越发雄姿壮观。

我被海的博大、浩瀚所感动，被它那深邃斑驳，变幻万千的色彩所迷惑。这时的大海以它的真实展现在我的面前。我才感受到了海水与河水的不同，海水有它独特的博大神韵和深沉的气质。三亚的海是一幅多么美妙神奇的画卷啊！

夕阳西下时太阳在大海上拉开了一条长长的倒影，把天和海连在一起。湛蓝的海面被晚霞映照得一片橙红。天和海的交界处是一片刺眼的金光，由亮变暗，由桔红变成深红。夕阳的余辉抚摸着万物，普照着大海。这时的大海是那样的优美、旷达而恬静，仿佛尽情地吮吸着太阳的光辉，铺开的是如此宽广、细腻与温柔。落日的余辉映照得海面波光闪烁。大海异常的美丽，人们贪婪地欣赏大海的风姿。此时此刻我才感到大自然是多么博大，人是多么渺小啊！这时我才觉得人世间的种种烦恼、诸多纷争都变得微不足道。

夜宿在大东海浴场的宾馆，窗外临海。这里是三亚看海的又一个景点。金色的沙滩，给这苍茫的大海围上了一条美丽的绸带。人们在岸边嬉水观海。海边的小商小贩点亮了一排排的彩灯。

夜幕降临了，海上一片漆黑，岸边灯火斑斓。人们随着海潮追逐着浪花。有的向海里燃放鞭炮和魔术弹，有的用摄像机摄下这海上良宵美景。不一会儿海上起风了，由小到大，游客纷纷躲进宾馆，海边的商贩也逃得无影无踪。狂风卷着海潮，咆哮着，怒吼着，像要扑上海岸吞没这寂静的万家灯火，似无数狰狞的怪兽要把这芸芸众生践踏与毁灭。这时候我站在宾馆的窗子前，看海边的椰子树在台风中挣扎摇曳的景象，让人不寒而栗。

第二天是个晴朗的日子，风和日丽。昨晚的暴风雨把椰子林、庄稼和田野冲洗得无比清新。大海伪装得多么可爱。海水悠悠，朝阳融融，海潮退去。在明媚的阳光下，人们穿着漂亮的衣服散步在海滩上，流连忘返，拍照留念。大海隐去了狰狞恐怖，变得异常的宽广、温顺、可爱而博大！大海啊大海！你到底让人诅咒呢，还是让人赞美呢？

告别了朝思暮想的三亚，而无数爱海的人又会不远千里来三亚看海。我希望他们能欣赏到晚霞铺海的景观，也能巧遇三亚夜晚突起的台风暴雨，这样人们才会看到海的外一种景象。

感受北京

来北京匆忙的旅游了一个星期，回家的心情归心似箭。

离开了繁华、嘈杂的北京，坐在回银川的卧铺车厢，一种释然使我感到无比的轻松。在北京的七天，思想上的弦绷得很紧，行路赶车、办事、吃饭，一切的一切都是人多、嘈杂、繁乱。在北京的几天里，走在大街上几乎没有听到我的手机响，也听不到别人的手机响，到处是轰轰隆隆、嗡嗡作响的喧嚣声，淹没了手机的声音。以前来北京呆几天就烦了，回家时说再也不来北京了，可是过几年在家呆烦了，又想出去走走，北京是中国政治、文化、经济的中心，有很多好看的地方，有很多精品的艺术，逛北京是永远的念想。

过去来北京，对北京人烦外地人的一句话："没有事都跑到北京干吗？烦不烦？"很不理解，我很抱怨，好像北京是他们家的一样。现在当我离开北京，坐在回银川的卧铺车厢时，才感到这话也有一定的道理。

我从美术馆坐 903 路去北京西站的公交车上，人多拥挤，好不容易找了一个座位，一路上遇到几次堵车，我只怕误了回家的火车，很着急。我旁边站着好几个北京老人，我有心给他让座，可我也累，行李又多，还是硬着头皮一路坐到北京西站，没有给他们让座，真有些歉意，我心里说，再见，北京，再见，北京的哥们！我来北京的确给你们添乱了，是我占了你们的座位，让你们站了一路，委屈你们了。

北京是首都，全国全世界的人都朝这里涌，能不拥挤吗？多一个外地人来北京，就给北京人多添一份麻烦，现在回想在北京的所见所闻，感到北京人太累了，行路难，办事难，人多啊！北京人早晨上班就早早的在路边的站牌边排队等车，我也站在他们中间排队等车，给他们增加了负担。我来北京是玩，十年八年来一次，北京人却要天天在这排队，面对全国全世界的游客，时间长了当然烦了。我站在他们前面排队，无故地影响了他们上班，他们能不烦吗？

过去我看不惯北京人傲慢的样子，拖着浓浓的鼻音轻蔑地哼着京腔。现在看着我们这些逛北京的闲人，拥挤在北京人上班排队赶车的队列中，给北京人带来的不便时，我突然理解了，的确是我们这些逛北京的闲人打扰了北京人的正常生活。我去北京那几天正是全国人代会和全国政协会召开期间，北京市政府限制外地车辆进京，由此我想到去年冬天由于严寒造成交通、水电的紧张，许多地方滞留了很多旅客，造成了很大的混乱，所以适当地限制人流过多的涌入北京也是应该的。中央提出"安定、和谐"是有道理的，春运时人流高峰，太麻烦了，如果人们都不在家呆着都走动起来，那社会就不可想象了。

所以，通过这次北京之行，我对北京有了新的认识，新的理解，其实北京人也很不容易，他们有的每天上班要赶四、五个小时的车真的够累的了，我们外地来北京旅游的人应该理解北京人的辛苦。

多彩云南

　　走云南说了很长时间，今天终于启程了。

　　这些年我去过很多地方旅游，每次都是自己自费旅游，问路咨询，很费心思。这次去云南是由单位组织，一行 20 人随旅游团游云南。集体出行是最轻松、最自在的旅游。

　　晚上 20 点钟从银川河东机场乘四川航空公司的飞机，经过 2 个小时的飞行到成都中转又坐了半个小时才到达昆明，已是深夜零点多了。银川 6 月份的气候还是很热，而到昆明一下飞机，气候宜人，不热不冷，感觉很舒服。

　　第二天早餐后，坐旅游车去大理。导游一路介绍着云南的情况。这是一片美丽、富饶、神奇的土地，其独特的自然风光和浓郁的民族风情，很值得一游。云南省有 52 个民族，是我国民族最多的一个省份。各民族都有它丰富多彩的风俗民情，每一个民族的衣、食、住、行及婚恋、丧葬、生育、庆典、语言、文字、图腾、宗教、审美都有其鲜明的文化特色。纳西族的东巴文化，大理的白族文化、傣族的贝叶文化，彝族的贝玛文化等各具特色，深邃而幽远，组成了一道道亮丽的风景线。这方土地吸引着中外无数的游客。

春城昆明

导游介绍说，昆明是个有着 2400 多年历史的城市，因一年四季如春，冬无严寒，夏无酷暑，鲜花四季不谢，故名"春城"。在北国千里冰封之际，昆明仍然是一个万紫千红、百花盛开的景象，是一个"天气常如二三月，花开不断四时春"的好地方。

早餐后来到昆明的世博园，这里汇集了二十多个国家的微缩景观，这里可以看到外国的各种奇花异草。云南是植物王国，从名贵的植物花卉到丰富的植被植物展示，世博会给云南增加了更多的植物，更加丰富了云南多姿多彩的植物花卉。这里的贵重木材、原始森林等等，都是别的地方没有的。云南是一个植物的王国，花的海洋。

神奇石林

云南省石林市的石林是 2.7 亿年前海底动物残骨和石灰岩的结晶，是地壳的运动形成了石林奇特的造型。

进入石林公园是一片开阔的草坪，干净平整的草地上是一座座拔地而起的石柱、石林。人工湖里一座座石柱、石林，层层叠叠，就像平地上长出的竹笋一样。大门的正前方是一个人造的石林，上面是胡志明写的草书书法"山石冠天下，风情醉国人"。一直顺着小路往前走，峰回路转，美不甚收。

在一个游客纷纷拍照留念的地方，景色果然不错。这里就是常常从电视上、画报上看到的写着"石林"两个大字的地方。是云南石林的标志，人们在这美景前，流连忘返，拍照留念，

欣赏着、赞美着这个人间奇迹，这里的石林最高最美，石柱、石林直上直下。在正前方的石柱上刻满了名人名言，各种书体书法的雕刻。导游说，抗日战争时，云南大学的抗日学生就住在这石林里，在这里雕刻了很多字，现在都被铲掉了，所以石柱上就留下了一块块痕迹。

　　游客从弯弯曲曲的石林山径间行走，时而爬山，时而钻洞，在石林里绕来绕去。在一个广阔的湖水旁，有一个奇特的石柱，酷似一个彝族少女的头像。导游介绍说，这就是传说中的阿诗玛。人们拍完照，才依依不舍的离开了石林公园。

　　"不来九香、枉来云南"的广告牌吸引了来云南的游客。九香风景区以溶洞景观为主，坐电梯下到山涧峡谷，然后坐上小汽艇在山洞深潭里游，给人神秘、惊险的感觉。接着在溶洞里行走，欣赏溶洞里的各种造型的溶岩溶柱。游完溶洞坐索道直上青天，给人一种豁然开朗的感觉。

　　晚上在云南艺术剧院看杨丽萍的舞蹈演艺公司演出的专场《云南映象》。导游说，世界歌舞看中国，中国的歌舞看云南。一提到云南的舞蹈，人们自然想起了中国舞蹈之最就是云南的杨丽萍。杨丽萍把云南纯朴、真实的原生态的云南少数民族的生活风情，用舞蹈的形式，艺术的语言表现的富于艺术化、生活化的灵动，给人以极大的美感和美的享受。

多彩大理

　　早餐后坐大巴车去大理。一路上导游不断地讲云南的地理、历史、人文及各民族的风情。大理在云南西部，距昆明 320 公里，大理悠久的历史和灿烂的文化留下了丰富的文物古迹，古往今来，一直是南方丝绸之路上的重要通道和驿站。大理的自然风光以苍山、洱海著称。苍山，又叫点苍山，屏列于大理西部，如一道绿色屏障，雄峙于洱海西岸。苍山气势宏伟，山顶常年积雪。苍山雪为大理"风、花、雪、月"四景之一，"上关风，下关花，苍山雪，洱海月"，因"云、石、雪、泉"又为苍山四大奇观。苍山如屏，挺拔嵯峨，洱海如镜，烟波浩淼。青山白云，蓝天碧海，衬映古塔遗碑；风花雪月，民族风情，留下美丽的传说。"家家流水，户户养花"的民居庭院，色彩明快。这里有粗犷与秀美并存的白族妇女服饰，以及丰富多彩的民族节日。大理大多是白族，至今仍保留着白族的民族语言风俗，大理市就在这美丽的苍山脚下，洱海之滨一个古老的民族风情浓郁的古镇。

　　大巴车沿着苍山，远眺洱海，在白族的村寨中穿行，到了大理，天下着蒙蒙细雨，大家不顾旅途的劳累，一齐游大理古城，大理古城门上雕刻着郭沫若手书"大理"二字。从这里进入大理古城是一条步行街，城内主大街纵贯，两旁青瓦屋面，居民店铺，作坊相连，一派古朴风貌。这里没有大城市的高楼大厦，没有大城市的嘈杂，走在街上很静、很雅，没有小商贩的大声吆喝，个个店铺静静地做着他们的生意。从古老的店铺到普通的民居都有精美的雕刻、绘画装饰。我们平时看惯了大城市的

高楼大厦，车多人多的场面，现在在这雅静的古城中行走很是惬意。从洋人街拾级而上，街心是层层水流，水两边是古老的商铺，而且水渠的形状各异，时而小桥流水，时而石铺成各种景观的造型，悠悠自在，潺潺流水，古朴典雅。出了大理古城就到了苍山脚下的崇圣寺。

大理崇圣寺的三塔寺是大理的地标性建筑，三塔中间的主塔叫千寻塔，高69米，为方形16层密檐式塔，与西安的大小雁塔同时代，属唐代的典型建筑。塔下仰望，只见塔矗立云端，云彩塔驻。千寻塔两边东西各有两座小塔，是八角形10级密檐砖塔，各高42米，三座塔 形成三足鼎立之势，布局统一，造型和谐，浑然一体。三塔后边的崇圣寺殿堂齐全，神像雕塑完整。三塔南北两面百米处，各有一个三塔倒影公园，是拍摄三塔倒影的最佳角度，游客纷纷在此拍照留念。站在这里也是看洱海的最佳地方，整个大理市尽收眼底。

史料记载，在云南这块多民族、多资源的红土地上，在漫漫历史长河中，改朝换代22代王朝历时316年，从南诏国、大理国历时500多年，政权变更，争夺不断，历史的沧桑，战争的烟云终于烟消云散了。云南这个多民族、多资源、多疮痍的民族大家庭，只有在中国共产党的领导下，才实现了真正的统一，各民族大团结，和谐发展，百业兴旺，成为多彩云南，美丽云南。

古朴丽江

坐在从大理去丽江的大巴车上，在苍山脚下的山路上奔驰着，从苍山脚下到洱海是一个只有几公里的川道。公路两边的平地上，种植着一块块水稻、玉米和烟叶子，稻秧才换过苗的样子。导游介绍说，这是通往缅甸的中缅公路，叫三色路。抗日战争时，这里是抗日的路，即红色之路；古代丝绸之路的茶麻古道，翡翠的绿色之路，毒品是白色之路。

丽江古城入口的石桥头，矗立着一个照壁，上面是江泽民题写的"世界文化遗产，丽江古城"几个大字。照壁旁是一个巨大的木轮水车在悠闲地转动着。游客纷纷在这里拍照留念。

丽江这个美丽的古城经历了三千多年的沧桑巨变，政权替换。宋朝时期这里纳西族首领在强大的忽必烈的大兵压境下，亲自到剌巴渡口迎接并协元军攻克大理，忽必烈赏功予他封作土司。

明朝朱元璋因丽江纳西首领阿甲阿得归附有功赐姓木，以后的木氏家族，在丽江22代470多年统治着丽江一带。丽江的历史与一条"茶麻古道"紧密相连。丽江地区曾是南方陆上丝绸之路的重要通道之一，也是唐宋以来西南地区茶马古道的要冲，在我国对外友好交往史和西南地区发展史上是一个重要的角色。几百年间，无数的马帮商队来到丽江在此卸货贸易，成就了丽江古城的辉煌。丽江保留着我国最庞大，最完好的古旧建筑群。

进入古城，街道纵横交叉，店铺林立，古城从中心街场向五条主街向外延伸，又分出数十条小巷，游人分不清南北东西，有的街道几条道交汇在一起，四通八达，拐来拐去，游客进入就像入了迷宫一样的走不出来。每一个家进去就是一幢幢兼有汉、藏、白风味的纳西居民小院，它的建筑风格"四合五天井，三坊一照壁"。四方街据说就是模拟"知府大印"字的形状而建的。街道路面都是石头铺的，两边的店铺各具特色，既大同

又各异，古朴典雅。看街道、看房子如同回到了古代，可里边卖的商品和我们现代任何一个城市一样。还有纳西族人的铜器、银器、披肩、东巴木雕等民族服饰。

万古楼是看丽江古城全貌的好地方，它坐落在全城的最高点。古楼是新修的建筑，风景独一无二。从这里看丽江古城并非规规矩矩地排成行列，而是杂乱无序的。明代木氏土司管理时期，古城民居建筑已具规模。徐霞客曾描述当时的丽江古城"民房群落，瓦屋栉比"。现在的民居都是明清时民居建筑风格，屋顶四角高高翘起，檐上还描绘着色泽丰富的连环图样，青砖青瓦。如此庞大规模的古代民居群，到现在保存得如此完好，世界上绝无仅有。这古镇历经沧桑岁月的消蚀还能保存它的原貌，真是一种幸运。当现代城乡现代化飞速发展，高楼大厦越建越高、越建越密，人流越来越多，车越来越多，城市污染越来越严重的时候，人们对现代化的高科技的负面效应，造成的不适和厌倦的时候，到丽江古城看看最古老、最纯朴的民风民居，那是一种极大的放松和灵魂的洗礼。无疑是一次回归自然，回归纯真的游离，让人摆脱高楼大厦，人车为患的喧嚣，所以，在丽江古城行走是一次美的享受。

美丽的西双版纳

晚上 20 点从丽江坐大巴卧铺车迷迷糊糊颠簸了一夜，早晨 5 点钟才到了西双版纳的景洪市。这里是西双版纳地区政府所在地，是西双版纳最大的城市。6 月上旬的天气还不是很热，来之前听人说，这里夏天天气闷热难受，可是到了这里感觉还是气候宜人。在宾馆住下洗漱后，躺在床上我才认真的看有关西双版纳的介绍。

在澜沧江、湄公河流域的西双版纳与老挝、缅甸、泰国、越南等国一水相连，山水相依，西双版纳神奇美丽的热土孕育并塑造了景洪西浩瀚的热带雨林，滋润和丰富着景洪市。景洪，傣语是黎明之城的意思。

吃过早餐后，旅游大巴车把我们拉到景洪近郊的傣族的村寨。出了宾馆街道两边就是高大的椰子树，树上结满了硕大的椰子。这是我去过的任何地方都没有的景象。一路上，导游热情地给我们介绍傣族的风俗人情。傣族人称年轻美貌的女子叫"稍达丽"，年轻能干，帅气的美男子叫"帽达丽"。傣族是母系社会，养儿子叫赔钱货。男到女家干三年的苦力，才能订婚结婚。

一路上经过了香蕉园，经过了水稻田，来到一个傣族的村寨。一个年轻的"稍达丽"把我们请到她家。一个木质结构的傣族房子，一层是堆放杂物农具车辆的地方，储藏着粮食、养着鸡、鸭，很杂乱，二楼一上来一大间杂物间，有洗澡的浴室，穿过这个杂物间就是一个很大的客厅。女主人告诉我们进傣族家的客厅必须脱鞋。进了客厅，她没让我们脱鞋，每人发了一个鞋套。她说进来的客人要先摸抱客厅的顶梁柱。然后，大家就在客厅坐下，听她介绍傣族的民俗习惯。我认真看了一遍她家的布置，一个大屋中间是客厅，西北拐角有两个小屋，南墙是锅台，墙是漏风的，能看到外面，屋子不很干净，显得有些零乱。女主人介绍说，客人绝对不能看主人家的卧室。她说傣族人的卧室和客厅一样，没有隔墙，没有床，一家人不论有多少人，都睡一个卧室。老人睡在黑蚊帐，青年人睡在红蚊帐，小孩睡在白蚊帐里。傣族人老了、死了，她们的遗产不能留给

儿女，除了房子留给儿女，钱财都必须交到寺院。没有儿女的人，儿子嫁给别人家，他们的父母就成了孤寡老人，由村里照顾。村上的老人死了，由每一家送一个木柴，在寺院主持安葬。主持在村子后用白布包裹，用全村人捐来的木柴烧掉，骨灰撒到自己家的地里，赤条条地来，赤条条地走。她从傣族人的银首饰讲到女人当家，男到女方家干三年的苦力，才能嫁过来，她说傣族人生孩子不去医院，就在一楼漏风的有柱子没有墙的杂物间，地上放一个簸箕，生孩子时就蹲在上面像鸡下蛋一样的容易。生下孩子三天后就下地干活，也不会落下月子病，男人在家坐月子，看孩子。

云南傣族人有很多风俗让人好奇啊！从傣族村寨出来后，大巴车就一直把我们拉上野象谷，看大象表演，看傣族人广场泼水。然后，大家一块进入了热带雨林，进入西双版纳的原始森林，这是很多画画的人最青睐的地方，来到这里看到这奇特的树木，蜿蜒的青藤，我就想起了云南画家袁远甫、袁远生两兄弟那精湛的白描作品，把神奇的西双版纳描绘的让人向往。穿梭在大森林里，一种回归自然的感觉油然而生，这里是一个天然氧吧，是一个有益于健康的好地方。

晚上回到景洪市，看西双版纳超级歌舞《孟巴拉娜西》。解说词里说：世界的歌舞看中国，中国的歌舞看云南，云南歌舞看版纳，版纳的歌舞看《孟巴拉娜西》。这是一台以版纳各民族风情为题材的大型旅游歌舞晚会，是当前云南投资最大、集中国著名编导、灯光、舞美及优秀演员联手奉献的一台具有国家级水平的旅游超级歌舞晚会。优美的舞蹈特别具有傣族、白族、纳西族等云南各民族的特色，民族服饰很独特优美。

云南归来，我又一次回味着云南之旅的行程，再看看云南地图和云南各地旅游介绍。我们只去了云南的大理、丽江古城、西双版纳的热带雨林，那里只是云南省最亮的几个点，只看到云南的一部分。真正彻底地认识云南、了解云南，欣赏云南还是远远不够的。尽管就这么匆忙地游云南，也使我们大开眼界。云南是我国民族最多的地方，云南是歌舞之乡，花的海洋。云南本来有丰富的花卉、植物，世博会给云南又增加了世界各地的奇花异草，更加丰富了云南花卉的品种，因而，我说她是多姿多彩美云南！

到国家大剧院看演出

　　国家大剧院位于北京市中心，人民大会堂西侧。过去曾两
次到北京，都徘徊在国家大剧院外边，看那独特的建筑。远远
望去，一个极大的鸟蛋形一部分在水里，一部分在水面上的半
圆形的建筑，区别于它旁边的人民大会堂、国家博物馆、天安
门等古今建筑。在这个巨型鸟蛋的四周，汪着一大圈清澈的水
域，微风中闪着碎碎的浪花。这奇特的建筑是法国的建筑设计
师保罗·德鲁设计的。他的设计理念是："我想打破中国传统，
当你要去剧院，你就是想进入一块梦想之地。"他形容他的作
品是一个巨大的半球，仿佛一颗生命的种子。中国国家大剧院
要表达一个简单的鸡蛋壳，里面孕育着生命，这就是他的设计
灵魂。就是内在的活力，是在外部宁静笼罩下的内部生机，在
冬日的阳光下波光粼粼。由于没有演出就不能进去参观，今年
十月当我再一次光顾国家大剧院这独特的建筑时，正逢中国武
警合唱团演出，我毫不犹豫地买了前排最佳的位置。
　　走进国家大剧院是一个宽广壮观的通道，从通道进去是一
个椭圆形的大厅，大厅正面是一个圆形的五层楼，大厅的两边
是两个花瓣形的四层楼房。椭圆形大厅的两边分别有两组电梯，
这是大剧院里主要的三大型建筑，而每一个小建筑造型各异，
别致有趣，区别于我们以前见过的任何建筑。整个结构奇特，

装修别致高档。过去没来之前，我一直以为里边可能和别的电影院、剧院一样的是一个大剧院，走进去后，才发现它有三个主体结构的造型。在这三个主体结构中，又有很多不同的演出厅，有音乐厅、戏剧厅、歌舞厅、歌剧厅等专业性很强的演出厅，它内部的结构是根据不同的音乐剧种，演出的不同表现形式而设计的。

离演出还有40分钟，我怀着好奇的心情，穿梭在这个巨大的剧院中，楼上楼下的走着参观这个庞大的国家大剧院独特的设计。从剧院的里边就能看到剧院外那片宽阔的水域。从下向上看水在天花板上闪烁着浪花，形成好看的波纹图案。站在二楼上看水面和地板一样平，水面荡漾着浪花，甚是壮观。

音乐会开始了。这是中国武警合唱团演出的世界精品交响曲合唱音乐会。我在中间前排的位置，是看音乐会的最佳位置，舞台和我坐的位置平行。让我惊奇的是音乐厅没有音响设备，演员不用话筒，但音响效果特别好。虽然没有音响设备，但凭音乐厅建筑设计和独特的装修设计，产生了独特优美的音响效果，给人逼真、自然、亲切、清脆与雄浑相映，磅礴与大气交汇，收放自如的音乐效果，没有音响甚过音响。

一首首世界精品名曲，经典交响乐在观众一遍遍的掌声中演奏着。《伏尔加之歌》的厚重，让人想起了俄罗斯画家列宾的油画《伏尔加纤夫》在伏尔加河上拉纤的沉重脚步。《我为祖国站岗》、《士兵之歌》等世界经典交响作品合唱《威风凛凛》、《蓝色多瑙河》、《山茶树》等名曲，或气势磅礴，坚定有力，或委婉细腻，如诉如说，极具情感张力，让人久久地陶醉在音乐艺术世界里，给人以美的享受。歌曲《天路》、《打靶归来》、《听妈妈讲那过去的事情》，把独唱、合唱、二部合唱、多部

合唱巧妙地结合应用。音乐的处理、时而低声如潺潺流水，时而高亢如排山倒海，波澜壮阔，给人巨大的震撼力。

演出结束了，观众掌声不息，不忍离去，又加演了几首曲目，音乐会才在长久的掌声中结束。

从国家大剧院出来，我久久地回味着这精彩的演出，那优美的旋律在我脑际萦回，不愧为国家级演出水平。大剧院奇特的造型，不愧为世界级的音乐殿堂。我期待以后有机会到北京，还要去国家大剧院再看音乐会。

北京一日游

2012年12月10日，我随文化馆艺术团到中央电视台演出，在北京中央电视台的星光影视园演播基地呆了6天。这里远离市区，在北京南郊的大兴区，来回很不方便。一起来的人很多都是第一次到北京，对北京的向往和好奇非常强烈。我虽然在这之前多次来过北京，可还是很想去到北京市内看看北京的天安门广场、国家博物馆、国家大剧院等名胜，到美术馆去看画展。可是由于工作的原因，我也随团在远离市区的星光影视园呆了6天。演出结束了，领导安排了随旅行社北京一日游。在离开北京的最后一天时间逛北京。

清晨，北京远郊的大兴星光影视园一片冷清，很多演播厅都还没有开门，喧嚣了一晚上的人们还都在梦乡里，我们就上了旅行社的大巴车，开始了北京一日游。

大巴车一直顺着南五环路向西山进发。五环路一带路上没有行人，来往的车辆也不多，很快就到了颐和园，大门口冷冷清清，没有多少游客。天气太冷，大家都戴着帽子、口罩和手套，凛冽的西北风吹在脸上，就像鞭子抽一样的生疼。导游一边讲着，鼻子一边流过了河。进了颐和园，大家都一个个冻得瑟瑟发抖。走到半道就从颐和园出来了。在颐和园的大门口匆忙地拍了几张照片，算是游了颐和园。导游招呼

大家坐上车，向圆明园进发。导游在车上讲着颐和园的情况，大家听的云里雾里的，不知所云，只听说颐和园是清朝帝王的行宫和花园，始建于 1750 年，清朝末期光绪皇帝为了讨好慈禧太后，希望她在这里休息，少理朝事，用了建设北洋水师的军费扩建的这个皇家园林颐和园，而颐和园究竟是什么个样子，不得而知。

从颐和园出来直奔圆明园，到了圆明园，仍然没有游人。太阳出来了，天气还是十分的寒冷，导游面对着圆明园旧址复原图滔滔不绝地讲解着这个万园之园的圆明园当年是如何的规模之大，如何的豪华精美，可惜被八国联军一把大火烧了个精光，现在唯一能看到的就是几堆大石头，大水法遗址。这是雍正皇帝为他的香妃建造的享乐的地方。导游说，北京的故宫、颐和园都是中国古典式建筑，唯有圆明园结合了西洋建筑，是中西结合的景观。圆明园有八个故宫大，大水法前面是一个观水法的观礼台，喷泉的四周是十二生肖的雕塑。以前就介绍过用 12 生肖的动物表示 12 个时辰，每隔一个时辰，便有一兽的口中喷出水。这十二生肖的头像被抢到了外国，现在有的被中国人买回来了，有的还在国外。观水法的观礼台四周是八个汉白玉雕的屏风。让我惊叹的是在香妃观赏台屏风上雕刻的是外国的奇花异草和外国的洋枪洋炮，可见当时腐朽的清朝，已经知道了外国人的洋枪洋炮。把这强悍的武器，当成西洋景雕刻在香妃的屏风上，是什么意思？洋枪洋炮和香妃观赏台和谐吗？更让人不解的是清朝把外国人的洋枪洋炮滑稽的雕刻在这里当玩具，就没有想到就是这外来的洋枪洋炮，彻底摧毁了这个美丽豪华的圆明园。

天气异常的冷，圆明园里一片萧条，游人很少，也没有什么可以看的，只有大水法和西洋楼两堆冰冷的大石头横七竖八地躺在一片废墟中。一起游园的人都说没什么看头，导游说到这里来主要是接受爱国主义教育。游客问，不就是废墟中的两堆破石头吗？爱国主义教育，你们还要收那么贵的门票？这两堆烂石头，成了北京人的摇钱树啊！

中午，匆忙的吃了午饭，旅游团又拉着我们进了故宫。由于天气特别的冷，平时人满为患的故宫，现在显得冷冷清清。今年"十一"黄金周时，从电视上看到游故宫的人每天超过了80万人，人挤人的走不过去。

过去我来过这里，那时候故宫的皇宫大殿都对外开放，游客可以进去看，现在不允许游人进去，只能在外面远远地观看，也就没有什么看的。过去来这里的时候能看到故宫两侧的厢房里陈列着皇家的宝贝、皇家的用品和故宫的藏画等各种各样的字画展、文物展，现在门一律紧锁着，游客到了故宫，只能走马观花的走一个过场。

故宫的建筑的确宏伟、气派，给人一种皇权不可侵犯的居高临下的威严。从大前门、天安门、太和门等等，一直到地安门，一条中轴线，绝对的对称形建筑，彰显了皇家的威严。出了故宫的北门，导游指着对面的景山公园说，崇祯皇帝在李自成打到北京后就是从这个门逃出故宫，逃到景山上，在一棵歪脖子树上上吊死的。

北京一日游就这么匆忙的结束了。圆明园、颐和园早已没有了皇家昔日的辉煌，成了一个个废墟。威严的故宫也已没有了威严。北京一日游，看到的、听到的都是清朝皇家的腐朽与没落。从故宫北门出来，就是崇祯皇帝吊死的景山，以后清朝腐败的历史很快就覆灭了，最后一个傀儡皇帝溥仪也被冯玉祥

赶出了故宫。

从故宫北门出来后，导游指着景山公园说，今天的北京一日游到这里就结束了，你们还要赶晚上7点的火车，时间不多了。要不然我还会带你们去看崇祯皇帝上吊的那棵歪脖子树。

告别了导游，我们踏上去北京火车站的公交车，公路两边的高楼大厦，现代化的建筑，马上让人耳目一新，就像突然把人从皇家的古纸堆里拉出来一样的让人深深透了一口气。看着美丽的北京街景，看着车窗外一闪而过的国家大剧院、国家博物馆、国家美术馆等等现代建筑让人精神一振，感慨万千，突然觉得到北京来，没有去看那些现代的先进的地方，而在荒郊野外看两堆废石头，感受封建王朝的腐朽与没落，实在不值，还有这严寒的天气，更加深了人们心里的悲哀。

想想清朝政府不顾民众的饥寒交迫建这么个奢侈的园子，而不建设强大的国防，只图享乐最终被外国人烧掉能怨谁呢？而现在的北京人又用两堆烂石头以爱国主义教育的名义再赚中国人的钱，真让人不可思议啊！

唉！北京一日游，实在是不值啊！

秋日自驾游

　　今年国庆和中秋节八天长假，正值一个美丽的秋日。银川平原秋高气爽，气候宜人，很多人借这次长假结伴出游。

　　10月3日早晨8点多，我和妻子驾车从银川北上了京藏高速公路，一路向南，目的地是青铜峡的黄河坛。车子轻快地在高速公路上飞驰，车内响着美妙的音乐，田野一片秋收后的景象，水稻大部分已收割，玉米杆子有的已被砍倒，有的仍在秋风中摇曳，呈现出一片秋日的黄色。公路两边的白杨树已变成了金黄开始凋落。一路秋色赏不够，不觉已到了青铜峡的黄河坛。黄河在这里拐了一个C字形的大转弯。黄河右边靠山，左边是一片浅滩。隔河相望，黄河对岸的河滩地上一片金灿灿、黄橙橙的水稻还没有收割。站在黄河坛的最高处，鸟瞰黄河两岸，一片金黄的丰收景象，甚是壮观。

　　黄河坛就是借着这得天独厚的风水宝地，在青铜峡金沙湾的大转弯处，建起的一个庞大的人造景观。进入景区，拾级而上，宽广的台阶两边建了具有黄河文化特色的纪念性公园。把自然景观同人文传承相结合是黄河坛的特色。园区建筑采用最具有中国文化特色的坛式、牌楼式、塔式建筑和雕塑，外表都用铜质材料包皮的造型，囊括了中华五千年的文化汇萃，有历史人物、民间传说、天文地理、政治、经济。一进入景区，就是一

个巨大的牌坊，上面用浮雕的形象，表现了中华五千年的历史。然后又是一排大理石的石鼓，上面雕刻着历朝历代的简介。

沿石板台阶而上，浓郁的中国传统文化展现在眼前，如同阅读中国通史，阅读黄河文化的百科全书。坛、鼎、阁、牌、坊、桥、殿，十八经典、六十花甲子。黄河坛构思之奇魂，技艺之精美，外观之宏伟，内涵之丰富，在任何一个地方绝无仅有，要细细看几天都看不完。我们怀着依依不舍的心情离开了青铜峡黄河坛。

当晚在青铜峡宾馆住下，我们在广场看了看青铜峡人在广场休闲的样子。第二天早晨8点钟上了高速，向兰州、武威方向一直西行。一路边走边问路，看导航仪，中午1点多，终于到了兰州景泰的黄河石林。这里车多，人多。到了景区，不容思索，没有地方停车，只能买了门票开车就进入了景区，开始下山。眼前是一片壮观恢宏的风景，山下是一个拐了个大弯子的黄河，两边是沙石岩的石林，层层叠叠的山石柱子。我被这大气的景观震撼了。路很险峻，妻子开着车，我有点害怕，脚下的路在石林中蜿蜒。山体就是各种形状的石柱石林，大气磅礴。从上往下看既险要又壮观。车开到山下的停车场停下，再坐景区的电瓶车到黄河边坐羊皮筏子漂流黄河。羊皮筏子在水面漂流着，甚是惬意。漂流到黄河对岸的饮马沟大峡谷石林，听说向里要走9公里路，花50元坐毛驴车，驴车夫是一个姓朱的中年汉子，他一路热心地给我们介绍着这个石柱像什么，那个石柱像什么。有的像十二生肖，有的像笑口常开，有的叫千帆竞流、月下情侣等等，然后又坐上沙漠卡丁车直到山下步行上山，上到山顶，一览众山小，石林的感觉极美，让人惊叹大自然的鬼斧神工，造化了如此神奇的石林峡谷。

国庆 8 天长假，公路上过路费免了，旅游景点也就人满为患，最美还是沿途不同的秋韵情趣。秋天是收获季节，充满着收获的喜悦，秋天充满着缤纷的色彩，秋天是一年之中最美的季节，大自然的美丽色彩，处处皆是。秋日自驾游，驱车奔驰在西部秋日里的感觉让人惬意，让人心旷神怡，万千遐想。

回家的路上，路过中卫沙坡头景区。这里黄沙迷人，绿洲成林，黄河滚滚。开车从三个不同的角度看沙坡头，可以看到全部的景观。过去也多次来过这里，但都是在一个地方看，现在开着车，把这个景区绕了一大圈，从不同的角度看黄河沙坡头不同的景观，真是美不胜收。

秋日自驾游，飞驰在京藏高速公路上，看着沿途的美景，给人飘飘欲仙的感觉。行进在美丽的秋日景象中，陶醉在秋日的神韵中，其乐融融。

井冈山游记

　　早晨从九江出发后，汽车在高速公路上跑了整整一天。从江西省的最北边，跑到最西南，横跨了整个江西省，使人饱览了江西省秋日的农村景象。南北几百里几乎都是水稻和湿地。天快黑的时候才到了井冈山。

　　井冈山位于江西省西南部，地处湘赣两省交界的罗霄山脉中段。1927 年 10 月，毛泽东率领秋收起义的部队来到这里，由一支弱小的 700 多人的队伍发展壮大，创建了第一个农村革命根据地，开创了"农村包围城市、武装夺取政权"的道路，取得了革命的胜利，使井冈山名声大震，使中国共产党的革命种子，在这里生根开花。中国革命的星星之火得以燎原。这里是中国革命的摇篮，是新中国的奠基石。昔日的革命圣地，现在成了旅游胜地。

　　我们一行人从遥远的大西北长途跋涉来到大西南，登上井冈山，联想过去的历史，给人一种无尽的遐想。刚游了风景美丽、别墅林立、条件优越的庐山。那里是当年蒋介石对井冈山发动三次大围剿的地方。刚下了庐山又上井冈山，庐山和井冈山的故事真是耐人寻味。

　　井冈山隐没在夜幕下，显得那样的神秘深邃。当晚夜宿在井冈山宾馆。第二天一大早，乘车来到黄洋界。

　　黄洋界是井冈山五大哨口之一。五大哨口是毛主席当年踏遍井冈山亲自选定的，黄洋界保卫战就发生在这里。登上黄洋界，一览众山小。峰峦起伏，云雾在山顶飘绕，远望如大海波涛，游人纷纷站在黄洋界哨口的土炮边照像留影。导游介绍说，当年敌人大兵压境，红军人少，但是占有利地形，从山上推下巨石滚木，在水桶里放鞭炮，鞭炮声和战士们的呐喊声，响成一团。当时这门炮只有三发弹，两发不响，只有一发响了，不偏不倚正击中敌人的指挥部，吓得敌人逃跑了。因此，毛主席作了"黄洋界上炮声隆，报道敌军霄遁""过了黄洋界，险处不须看"的光辉诗句，使黄洋界因此而闻名于天下。这里还保留着当年红军哨口的营房、工事等。这里矗立着一块巨大的黄洋界保卫战纪念碑，正面镌刻着朱德"黄洋界保卫战胜利纪念碑"的题字，背面是毛主席"星星之火，可以燎原"的手迹，对面是一块巨大的横碑，正面是毛主席《西江月·井冈山》的手迹，背面是朱德的题字"黄洋界"。

　　站在黄洋界看云雾缭绕中的群山，我反复吟咏着战争年代毛主席针对黄洋界保卫战写的"山下旌旗在望，山头鼓角相闻。敌军围困万千重，我自岿然不动。早已森严壁垒，更加众志成城。黄洋界上炮声隆，报道敌军霄遁。"的诗句。感受那种面对战争平静自如的英雄气概。联想革命胜利后，1965 年毛主席重上井冈山写的："久有凌云志，重上井冈山，千里来寻故地，旧貌换新颜。到处莺歌燕舞，更是潺潺流水，高路入云端。过了黄洋界，险处不须看。风雷动，旌旗奋，是人寰，三十八年过去，弹指一挥间。可上九天揽月，可下五洋捉鳖，笑谈凯歌还。世上无难事，只要肯登攀。"仍不失当年的英雄气概。

　　井冈山革命博物馆详细地介绍了井冈山时期最真实、最全

面的资料和毛主席、朱德等老一辈革命家和红军用过的东西，有照片、雕塑、模型等。从黄洋界下来后，游览了大井毛主席旧居。原来的旧居被敌人烧毁，只留下半堵残墙，1960年重修后，将半堵残墙嵌在其中。

参观了毛主席的旧居等革命遗址后，又看了有关井冈山的资料和神奇的传说，我追忆着最早占据在井冈山的"山大王"袁文才和王佐，他们容不得别人靠近他的领地。为什么对毛泽东的部队却能大度容纳，最后又被共产党错杀？同时我也久久地思考着朱德委员长为什么把井冈山称为"天下第一山"。通过对博物馆的参观我终于明白了当年毛主席在井冈山虽然势力弱小，可他有"星星之火，可以燎原"的雄心大志。在这里他第一个建立了中国工农红军第四军，第一所医院，第一所军校，第一个土地法，第一个造币厂等等。井冈山虽小，却机构健全，毛主席从革命初期就立下了建国的宏伟理想，所以井冈山不愧为天下第一山。

井冈山革命烈士陵园，是井冈山的一大景观，由纪念堂、碑林、纪念碑、雕塑园四部分组成。纪念堂大厅正面镌刻着毛主席1946年为革命烈士写的"死难烈士万岁"六个烫金大字，大字下安放着中央领导人敬献的花圈。陈列室里有参加井冈山斗争时期毛主席、朱德、彭德怀、陈毅等领导人和英烈们的画像、遗物。"忠魂堂"内安放着何长工、贺敏学等人的骨灰。纪念堂内的大理石墙上镌刻着井冈山斗争时，牺牲的4万多革命先烈中15477名有名有姓的烈士名字。

井冈山碑林，有100多块，主要是党和国家领导人视察井冈山的题词和参加过井冈山斗争的老红军的诗词事迹，还有一部分书法家和名人的墨迹。

井冈山革命烈士纪念碑，是井冈山游览区最高、最醒目的一座建筑，高 46.8 米，主碑是 27 米的钢雕枪刺造型，寓意为1927 年在井冈山点燃革命的星星之火，确立"以农村包围城市，武装夺取政权"的革命道路。主碑的造型从哪个角度仰望，都是一个井冈山的"山"字，形如火焰。碑座的浮雕上有"会师井冈山""红色割据""浴血罗霄"的画面。井冈山雕塑园，是全国第一个以革命历史题材的人物雕塑园，共有 20 尊当时井冈山的主要领导人像。大门口守门的是袁文才、王佐两个"山大王"。雕像栩栩如生，给人一种真实感和亲切感，激发了人们对老一辈革命家深切的缅怀和敬意。

红军造币厂旁边就是井冈百竹园。在这里竹与松、梅一道被誉为"岁寒三友"，别有一番情趣。看着满山遍野各种各样的竹子，让人喜不胜收，流连忘返。井冈山的竹子本来就很有特色，著名作家袁鹰的散文《井冈翠竹》作了精美的叙述和赞美。百竹园集中引进了全国各地 200 多种竹类，更是锦上添花。园内有假山、瀑布、亭阁、诗词廊、观赏竹区、竹餐馆等，真正是一个丰富多彩的竹子世界。

井冈山的风景最美的还是那星罗棋布、大大小小的瀑布。最大最集中的是龙潭瀑布。这里有"五潭十八瀑"之称。我们一行人在一道山涧峡谷里踏着石阶，穿梭在茂密的山林中感到无比凉爽湿润。仿佛这里的空气都能一把捏出水。在山林中行走，沿途大大小小的瀑布，如同各种美妙的音乐，有的似雨轻吟浅唱，有的似雷如鼓轰鸣，有的如泣如诉，有的如万马奔腾。

到了龙潭底，巨大的瀑布如一条白色的巨龙呼啸而下，隆隆的咆哮声震耳欲聋，吼声如雷。

井冈山是一座革命的山，是一座风景优美的山，是一座神秘的山。

石钟山游记

　　天下最小、最有名的山是江西的石钟山，它在庐山脚下，位于长江与鄱阳湖汇流之处的湖口县，全山面积才九千平方米，高不过六十米。如果走马观花地游石钟山，半个小时就够了，但它却因苏东坡的《石钟山记》而名扬天下。今年十月，我随旅游团从庐山下来后，径直到石钟山旅游观光，真切地欣赏了这座名扬天下的石钟山。

　　一进石钟山的大门，首先看到的是一座奇石前矗立着的苏东坡的汉白玉雕像。我默叹着设计者的高明，一进门就把石钟山的特色给人合盘托出。石钟山的奇石特别，它的出名就是因为苏东坡的《石钟山记》，因而，一开始就直奔主题，给游人一个提示：石钟山决不是一般的山。雕像后的小山，类似一般公园里的假山，但这个山不是那种普通的假山，是自然的，有石钟山特色的奇石突兀，参差有致，石色灰白，窟隆天窗，如同水秀石垒成的人工造山。山上许多石块具有天然形成的皱、透、瘦、丑、响等特点，天工造化，它山少见，令人叹为观止。

　　踏着平缓的台阶游览，如同游玩一个小公园那么轻松，那么惬意。小山上层林叠翠，碑刻随处可见，历代文人墨客留下了诸多的诗作墨迹，各具风采，让人欣赏不够，特别是苏东坡《石钟山记》的碑刻最为瞩目。山上风光秀丽，亭、台、楼、

阁，掩映在南方特有的树木花草中，别具特色，石头玲珑剔透，如同人工造景，琳琅满目。长廊迂回，曲径迷惑，具有丰富的人文景观，陶渊明、李白、白居易、魏征、黄庭坚、文天祥、郑板桥等无数的文人墨客留下许多名篇佳作。这是一个文人荟萃的地方。

在一个阁楼里，陈列着各种石钟山的奇石，主人告诉我们，石钟山的石头一大特色，不光是天然造型，如人工雕凿，而且是响石，能发出各种调子，古代最早的演奏就用的这种响石。我好奇地问，这石头能敲出哆、来、咪吗？他说能。在众多游客的请求下，交了钱，他才开始边唱边敲石头伴奏，唱的词是听不懂的南方话，曲子也听不出个调调，只是那击石发出的声音，如同敲打陶瓷器那么清脆悦耳，和普通石头的声音绝对不同，但不像他说的石头能敲出哆、来、咪。看着墙上放大的苏东坡手书的《石钟山记》，我说真是靠山吃山哪，苏东坡的一篇文章就给这里的人留下了无尽的财富。

站在山顶的"江天一览"亭上，俯瞰滚滚长江和淼淼鄱阳湖在这里交汇，远望相连的江和湖，清浊分明，气势宏大，那么广阔，那么浩淼。"石钟山下湖如镜，映出晴天五老峰""安得长来此，时开旷荡胸"。这绝胜之地，引来无数文人留下多少千古绝唱啊！这里山水相依，水是山的一大壮观，石是山的一大奇景，山势雄踞湖口，北扼长江，南锁鄱阳湖，号称"江湖锁匙，"在军事上进可攻，退可守，历来是兵家必争之地。导游介绍了很多古战场的轶事：朱元璋鄱阳湖大战陈友谅，曾国藩兵败石达开，投江自尽被部下救起，打了败仗便在奏章上把"屡战屡败，"改成"屡败屡战"，效果截然不同，说明虽败还能顽强作战，所以打了败仗，仍能升官。这说明中国文人玩文字的功夫了得。导游风趣地说：一九五九年毛主席在庐山会议上总结"大跃进"的失误，彭德怀说大跃进"有失有得，"毛泽东一气之下说："好你个彭德怀，把我比作鄱阳湖上的败蒋曾国藩，人家是'屡败屡战'你给我来个'有失有得'七分缺点，三分成绩。"因而惹恼了毛泽东。如果他要说"有得有失"，表示成绩在前，恐怕就是另外一种情况了。

下了石钟山，坐轮船去鄱阳湖的鞋山。船载着游客缓慢地向鞋山进发，在湖上看石钟山，如同蓬莱仙岛。三面绝壁临湖，"大石侧立千尺，如猛兽奇鬼，森然欲搏人"形如苏东坡所描述的那么恐怖，怪石嶙峋。苏东坡曾于月夜泛舟实地考察"石钟"的缘由，发现绝壁下多穴罅，风鼓浪击，水石相搏如洪钟，就写下名篇《石钟山记》。清代彭玉麟在此考察的结果是"全山皆空，如钟覆地"，所以称石钟山。

当年苏东坡以小舟夜泊绝壁下考察石钟山，今天我也泊游湖上，和苏东坡在同一角度看石钟山，并未发现那玄妙神奇的钟声。只是被这里水的博大、山的玲珑、石的剔透所惊奇，被这天下最小、名声最大的石钟山的美景所陶醉。

游崆峒山随感

今年暑假我偕妻子去崆峒山旅游。火车离开银川平原，过了中卫越走越荒凉，开始看到又光又秃的穷山和大片的山地。

到了平凉是一片开阔的平原。我想这里一片平坦，距平凉不远的崆峒山可能也不会怎么险峻壮观。

当我们坐车来到距平凉十几公里的崆峒山下时，看到崆峒山虽比沿途看到的光秃秃的穷山高大葱绿，但远没有我曾旅游过的名山大川那样气势磅礴，雄伟高大。它给人的第一感觉就是玲珑秀美。

当我们到达上山入口处的停车场，仰望山上的隍城，如同一幅美丽的图画。山崖上矗立着一座座典雅的庙宇。有的悬在山顶和峭壁上，有的从郁郁葱葱的林子里伸向云天。云雾缠绕在山腰，如同到了仙境一般。山下是一片明净的水库。面对这般美景我想到了刘禹锡的诗句："山不在高，有仙则名；水不在深，有龙则灵。"的道理。

崆峒山是西北最峻美玲珑的山。停车场旁立着一个石碑刻着胡耀邦题写的"崆峒山"几个龙飞凤舞的大字。人们纷纷在这里照相留念。在这里可以仰视崆峒山的全貌。

从停车场向东是佛教的庙宇，向西，是道教的庙宇，也是崆峒山的主峰。

　　我们先游了东边山上的佛教庙宇。站在东山上向东望去，近处星星点点的秋作物点缀成一簇簇紫灰色的圆点，村庄隐隐约约，天、云和路连成一片，平凉城弥漫在西下斜阳的尘埃中。向西，崆峒山的主峰完全笼罩在落日的逆光中，整个山廓不算很高却显得清秀美丽。山风习习，阳光融融，清爽迷人。近处西下的余晖使逆光中的山峦披上了浓浓的墨绿，明暗分明，冷暖相映。西山的投影在山下的水库上落下了一片深沉的墨黑，空山寂静，青山朦胧，亮面橙绿，暗部墨绿。这时游客散尽，我们久久不愿离去，这里没有杂吵，没有众多眼睛的质疑，没有无聊的戒备，只有无比的清静，让人心旷神怡。我们像一对初识的恋人，被这山色美景陶醉，忘却了现实生活中所有的烦恼。

　　看完了崆峒山的日落，当晚夜宿在幽静的崆峒山宾馆，听千年古刹上的风铃阵阵，感受仲夏山风的凉爽，如醉如痴，飘飘欲仙，享受了一夜的超脱。

　　第二天天麻麻亮，我们就向西边的主峰攀登。

　　第一站就是百余丈的登天梯。上天梯还未登完，天已大亮。我们拼命往上登，崆峒山远看不高登起来可真够费劲。为了看日出顾不上喘口气继续往上爬。刚到隍城，日出时的壮观就出现了；在一片朦胧的云海上染上了一片红云，太阳像一个美丽的新娘羞羞答答地慢慢地露出了一条红线，红线越来越宽，逐渐变成半圆、变成正圆，腾地脱离了云海。山上仍没有游客，始终只有我俩屏住呼吸尽情欣赏着这壮观的一幕。

　　看完了日出，我们才慢慢地游览一个个庙宇和山上绮丽的风光。在一个道观里，一个道士守着香火，他说他一生向道信道，从小就想出家修道，一直未成家，今年60岁了，仍是个业余道士。

小时候政策不允许出家，文化大革命后政策允许了，他父亲有病，他不能走。他恪守着"父母在，不远游"的古训，孝敬父亲去逝后，又守了三年孝。三年后他母亲又病了。直到安葬完母亲，他已是50多岁的人了。教会规定不收35岁以上的人，但是由于他的虔诚和一再请求，这才勉强收留了他，也只能是个没有正式入册的业余道士，人家还是另眼看他。我说尘世上都打破了铁饭碗，你只管修行，只要能成仙无论入册不入册又有什么关系呢？他摇了摇头轻蔑地笑了笑，说他只不过在这里像一个乞丐一样地讨几个香火钱，打发光阴，听人摆布，得道成仙都是不可能的……听了道士的牢骚和不满情绪，我想皈依教门的人尚且有这么多的惆怅，那么我们这些生活在红尘中的人呢？

告别了崆峒山，我只被这良辰美景兴奋了一会儿，并没有从中解脱，只觉得更加地失望与惆怅。原来这空门和红尘都一样难逃脱生活的磨难、人情的冷暖。

下山走到水库边上，回眸秀丽的崆峒山，听着山上高音喇叭里播放的流行歌曲，令我深思："祝你平安，生活之中有许多不平事，请你不要太在意，多一点开心，少一点烦恼好……"这首歌以前听过多少次，可都没有认真品味过歌词的意思，而今天却印象深刻，难以忘怀，仿佛冥冥之中对我迷惘的一种回答。是呀，人活在世上无论干什么都是为了生存，到处有工作，到处有困难，到处都有不平事，红尘如此，空门也如此，逃避是不可能的，出家人都有诸多的烦恼，何况我们生活在这个错综复杂的社会中。又有多少纷至沓来的矛盾，何以能逃脱呢？惟一的办法就像这首歌中唱的"不要太在意，多一点开心，少一点烦恼好"。我为之振奋，心情豁然开朗。

　　崆峒山之行我虽然没有求着仙，没有拜上佛，但只有此情此景才能使我更深刻地感悟那位道士的话和这首歌的含义，明白到处有工作，到处有困难的道理，使我从众多的烦恼中解脱，学会安慰自己。所以，我永远感念这次的崆峒山之行。

漫游三峡

　　为游三峡经过了多日的奔波，当我们来到重庆时已是晚上九点了。刚下火车，人地生疏，一时分不清重庆街道的方向。从火车站到去宾馆的路上，只觉得万家灯火和满天灿烂的星光连成一片，分不清哪是天，哪是地。一会儿上坡，一会儿下坡，分不清哪是高，哪是低？当晚稀里糊涂地住在一家宾馆。

　　第二天一大早，我被一种异样的声音吵醒。这是一种区别于其他城市的声音，仔细听原来是轮船的汽笛声。寻着声音望去，一种惊喜和新鲜让人兴奋：幢幢高楼矗立在郁郁葱葱的山上，错落有致，风景异样的美丽。整个山城披着薄雾，迎着朝霞，显示着她与众不同的景观。我走过的城市，大多数大同小异，而重庆以它独特的山城雾都，展示着她特有的风貌。

　　由于去三峡的船票紧张，搞到船票后，我们没有时间在重庆多逗留，游兴未尽就登上了轮船，开始了去三峡的航行。

　　登上轮船，看到美丽的长江，使我很快从对山城的留恋中淡化。

　　长江、黄河是中华民族的发祥地，多少年的咏唱，多少年的向往。现在身临其境不由心里想：这就是我从小向往的长江吗？我默吟着："滚滚长江东逝水，浪花淘尽英雄，是非成败转头空，青山依旧在，几度夕阳红……"轮船顺流而下，山城越去越远，像一幅清淡的水墨画，越远越模糊。面对着这浩淼汹涌的长江，我感慨万千，心情久久不能平静。

经过几个小时的航行，涪陵过去了，宝石寨过去了，丰都过去了。长江两岸层层叠叠，无穷无尽的都是雄伟的山峰。夜幕下苍翠的山峦逐渐模糊成一片灰色。风越来越大，甲板上的游人也疲倦了，纷纷进入船舱。江边一会儿明亮，一会儿漆黑，船上探照灯的光柱不时地伸向无垠奥秘的天穹，伸向汹涌澎湃的江面，使人以一种英雄的气概面对大自然，面对宇宙。黑夜里长江两岸一簇簇忽明忽暗的点点灯火一闪而过。

第二天天刚亮的时候轮船到了奉节，游客们纷纷登上了白帝城游玩。

白帝城是蜀王刘备临终在此向诸葛亮托孤的地方，位于瞿塘峡口的悬崖上。白帝城内有刘备病危时托孤场面的雕塑，栩栩如生。游客匆匆地游览了白帝城，轮船又开始航行了。

这时恰逢太阳从三峡口上冉冉升起，瞿塘口上是三峡最壮观的一景，峡窄水急。面对此情此景，我兴奋地告诉儿子："此时此刻，正是当年李白吟'朝辞白帝彩云间，千里江陵一日还。两岸猿声啼不住，轻舟已过万重山'的地方和时辰。"我想象着李白以一叶轻舟在这急流中如何战胜险恶，激发出他的灵感，留下那脍炙人口的千古绝唱啊！美国冒险家科克隆从这里在峡口两山之巅，从钢丝上走过，而他的壮举比李白驾一叶小舟飘流危险得多，却没有在国人心中留下深刻的印象，他只不过是一个匆匆而过的弄潮儿而已。而李白是中国文化的丰碑，这里留下过他的足迹，留下了他的千古名篇，因而这里的景色也更加传奇美丽。

轮船到了巫峡时，已是中午时分。巫峡十二峰的第一峰山

如斧削，秀丽挺拔。山峡越来越窄，越来越险要。巫峡上有很多景点，每一景点都有一个名称，一个传说。最著名的景观是神女峰。传说一渔夫被妖怪吞没，妻子抱着小孩从峰顶眺望，哭干了眼泪，化成山峰镇妖指路。人们站在甲板上听播音员讲解着沿途的种种传说，欣赏着这莽莽苍苍、浩浩荡荡的长江上大自然的美丽壮观。从峡底抬头看，天空被两岸青峰衬托得更高、更蓝，白云更白、更美。

长江两岸，风景如画。三峡有山水画廊之称，一路景色，写不完看不够。从重庆到宜昌，经瞿塘峡、巫峡、西陵峡，跨四川到湖北。西陵峡是最后一峡。由于葛洲坝的建设和新三峡工程的开发，使水位上升，变得越来越宽阔平稳，再也看不到急流险滩、波涛汹涌的景观了。

三峡有很多景观传说，有牛肝马肺峡、兵书宝剑峡、神女峰、二人下棋、仙人指路等，都是借山势的形象命名，各有各的特点，各有各的姿态。这都是人们一个个美的想象，唯有奉节的白帝城和秭归的屈原庙是真实的历史故事。

秭归是屈原的家乡，也是楚王子熊泽建国之地。传说屈原投了汨罗江后被一大鱼逆水驮回秭归，终于从流放之地回归楚国，还了他爱国的愿望。这当然是不可能的，却反映了人民对屈原的怀念之情。至今流传的吃粽子的习惯，就是人民为怀念屈原立下的习俗。

三峡归来，我常思考着秭归的屈原和白帝城的诸葛亮这两个历史人物。刘备病危托孤白帝城，使诸葛亮对一个昏君阿斗忠心耿耿，写下了千古名篇《出师表》，六出祁山最终兵退成都，以致于自己"两朝开济老臣心，出师未捷身先死"，一生的智慧一个无能的昏君终不成大业，落得个"常使英雄泪满襟"

的遗憾。而白帝城托孤，临终的刘备把诸葛亮彻底地拴在了自己昏庸儿子阿斗的马下。每读《出师表》我就想起了《观沧海》，更加敬佩曹操那气贯长虹的英雄气概和他"挟天子以令诸侯"的大将风度，而对诸葛亮却有一种隐隐的遗憾。

"俱往矣，数风流人物，还看今朝。"今天的长江三峡在人民手中又展开了新的宏图。三峡工程伴着这滚滚长江日新月异，美丽的三峡以她新的容貌进入了二十一世纪，展示着中华民族的俊美江山，展示着中国人民的勤劳智慧。这对我们是一种多么大的鼓舞啊！

青海行记

美丽的青海湖，神奇的塔尔寺，还有那首美妙绝伦的青海民歌——"在那遥远的地方，有位好姑娘……"让人心驰神往。到青海去旅游是我很早的向往。

今年暑假我和文联的同志一行 10 人只用了一个双休日就到了那个遥远的地方，虽然时间短暂却给我留下了美好的记忆。

从银川坐晚上 10 点的火车，睡了一觉，第二天上午 11 点钟就到了西宁市。吃过午饭后，旅游车就拉着我们离开市区向青海湖奔驰。

银川的小麦、油菜等夏季作物都已收割完毕，青海的小麦还是一片葱绿，油菜花儿正在开放。青海的气候比银川凉爽，这里的民房建筑、饭菜的味道和银川差不多。

汽车过了湟源县进入了青藏高原，一切就大不一样了，一望无际的大草原绿得像铺上了绿色的地毯一样的美丽。远山随着草原的地势绵延起伏，像绿色的飘带一样优美，丝毫不影响人们的视线，不像内地光秃秃的穷山横在你面前，让人抬头看天。这里的山平和延绵，披着绿装，和辽阔的草原形成极美的韵律，丝毫不影响草原的辽阔与宽广。草原一望无际，像墨绿的地毯向四周无限地延伸。天空湛蓝湛蓝，绿地蓝天把白云衬托得更加美丽壮观。大块大块的白云在蓝色的天幕上形成各种奇特的图案，有的云像万马奔腾，有的云像龙吟虎啸，而神奇万变，朵朵白云低垂在广袤的绿草地上投下了各种各样深绿色的影子，使草地冷暖分明，明暗清晰。一块块的油菜花在太阳的照耀下发出耀眼的金黄，被草地上白云投影的墨绿衬托得更加灿烂夺目。这是一幅多么美丽的画卷啊！蓝天上白云滚滚，变化着形状，草地和远山上羊群点点，交相辉映。汽车在美丽辽阔的青藏高原上奔驰着，变换着不同的视角。我们尽情地欣赏着这人间美景，陶醉在广袤无垠的时空中，心情豁然开朗，思绪插上了翅膀，天高地阔，一种突然超脱升华的感觉油然而生。同行的女作家不由自主地唱起了"在那遥远的地方，有一位好姑娘……"

汽车在一望无际的青藏高原上奔驰了四五个小时始终看不到草原的尽头，偶尔只有藏民的帐篷和穿着奇特的藏民把美丽的草原点缀得更加生动。这条路就是通往西藏的 109 国道。

路过一条小河，水向西倒流，叫倒淌河。传说文成公主进藏经过这里时，站在日月山回首东望，拿出临行时唐太宗赐给她的日月宝镜。从这个镜子可以看到家乡的亲人和美景，家乡长安的美景和脚下西去的荒芜形成鲜明的对比。山麓两边截然不同的两个世界，使她伤心落泪。但为了藏汉人民的世代友好和国家民族利益，她毅然抛弃了"日月宝镜"，一为割断自己的思乡之情，一心西去；二为了对这里的草原和人民寄上一份美好的祝愿，于是她就把日月镜扔了出去。人们为纪念文成公主，把这山命名为"日月山"，日月宝镜的地方就成了青海湖，文成公主的眼泪也随之化成了一条西去的倒淌河流向青海湖。天下的河都向东流，唯有这条河向西流，所以叫"倒淌河"。当然这只是一种传说，是人们对文成公主的一种纪念。

在去青海湖的路上，一个藏民虔诚的磕着长头，走一步、爬在地上磕一下。这是当地藏民最虔诚的祈祷，叫等身头，要沿着长 102 公里、宽 58 公里的青海湖磕一圈。这种精神真让人叹服。以前只从电影上看过，今天却真切地看到了这虔诚的一幕。

在远方天地交接处出现了一条深蓝色的带子，那就是青海湖。越来越近了，青海湖像大海一样的湛蓝，是我国最大的内陆咸水湖，水深 32.8 米，湖水清澈透明。水色因云量、日照和水深浅不一而呈浅绿色、墨绿色和浅蓝色等多彩绚丽，光彩迷人，它和青藏高原一样的博大神秘。

汽车沿着青海湖向鸟岛行驶，数十里不见人烟，偶尔有一两个孤零零的帐篷和成群的牦牛、羊群。看着藏民蓬头垢面和那累累赘赘的穿着，原始的生活用品，简陋的生活方式，我想生活在这里的藏民，他们远离城市的喧嚣，置身于大自然的淳朴、宁静之中，是一种极大的超脱，同时又远离优越的物质文明与现代的发达，几乎与世隔绝。多少游客千里万里来欣赏这大自然的博大与优美，抒发着赞美与感叹，只不过是一个个匆匆而过的游客，如果真的让我们远离城市的喧嚣，尘世的烦恼，在这一方净土中来过与世隔绝的生活，恐怕也是过不习惯的。首先没有电不行，没有水不行，没有人和人的来来往往更不行。

在青海湖边，一藏族妇女向我们推销她采的野生蘑菇，我让她看手机，问她这是干什么的，语言不通，通过导游翻译后，她笑了笑摇了摇头，说着我们听不懂的藏语。此时此刻我才觉得我们平时常烦的周围那个环境其实很好。人们是在互相协作中，你中有我，我中有你的生存着，也许我们真的是生在福中不知福。一个人远离人群，不和人来往，住在这遥远、空旷的大草原又是什么滋味？

到了鸟岛，千千万万只鸟类就栖息在青海湖西端的浅滩上，各种鸟蛋遍地都是。我们生活的环境里，鸟类越来越少了，在这里能看到这么多的鸟，真让人兴奋不已。这真是一个鸟的王国，各种鸟类在这里和平相处，生息繁衍，没有环境的污染，没有人为的破坏。在每年的5月份，各种鸟铺天盖地来到青海湖，鸟蛋如同河边的卵石一样的稠密。我问这么多的鸟，这么多的蛋，鸟能认清吗？会不会搞错？导游风趣地说，再大的人群里，你也能找出你的孩子，鸟也是这样，鸟有鸟语。

当晚夜宿青海湖边的宾馆，别有一番情趣，宁静的青藏高原万籁俱寂，美丽的青海湖淹没在苍茫的夜色之中，无声无息，不像海边的夜晚，大海咆哮着、怒吼着。

第二天，我们驱车来到闻名遐迩的塔尔寺。塔尔寺坐落在青海省湟中县鲁沙尔镇的莲花山中，是藏传佛教格鲁派六大寺院之一，是格鲁派创始人宗喀巴大师诞生地，明代始建，是西北佛教活动中心，在全国及东南亚享有盛名。这里的酥油塑，堆绣和壁画为该寺三绝，其壮观的建筑艺术独具特色，是民族文化艺术宝库中的奇葩。古往今来，塔尔寺以其独特的魅力，吸引着海内外广大朝圣者和旅游观光的旅客前来朝拜，游览。经历代扩建，寺院形成了由众多殿宇、经堂、佛塔、僧舍等组成的融藏汉艺术风格为一体的建筑群。

塔尔寺前的广场矗立着整齐美观呈一线形的八座如来宝塔，以赞颂释迦牟尼一生八大功德。塔前的石碑上刻有"塔尔寺"几个大字，游客纷纷在此照相留念，塔尔寺广场前的店铺里经营着琳琅满目的各种民族服饰、藏刀等青海特产。

青海归来，再看我们这熙熙攘攘的生活环境，想想在那遥

远的地方，辽阔广袤的青藏高原，神奇的鸟岛，湛蓝广阔的青海湖，那只是一个遥远的梦幻般的世界，还有那辽阔草原上孤零零的藏族帐篷，那只能是生活中的一个美景。生活是现实的，还是让我们珍爱周围这平常的喧嚣环境，珍爱我们的生活，知足常乐，认真面对一切纷至沓来的烦恼。

风雨北戴河

北戴河是河北省秦皇岛市的一个区，位于秦皇岛市西。东临渤海，风景优美，气候宜人，冬季不结冰，夏天无酷暑，是旅游、避暑、疗养的好地方。我最早知道北戴河是从读毛泽东的词《浪淘沙·北戴河》开始的，我多少次吟咏着毛主席那首气势磅礴的词句，想象着"大雨落幽燕，白浪淘天"的壮观，联想着越千年的往事，魏武挥鞭，东临碣石，留下《观沧海》的豪迈诗篇，对北戴河产生了久久的向往。

今年暑假，我去秦皇岛旅游，刚到宾馆住下，就赶上一阵滂沱大雨。同行的人都躲到宾馆睡大觉，我却激动不已，不顾旅途的疲劳，约了两个同伴，冒雨从求仙入海处进入北戴河海滨。我们和很多游客扑向大海，狂风夹着大雨，海潮把海浪一次次掀向海岸。我们被雨水浇淋着，任海水卷进深处，又抛向海岸。远处的天和海连成一片，迷迷茫茫。相传这里是秦始皇派人由此渡海寻求长生不老药的地方。我们在海边追逐着，狂喊着："大雨落幽燕，白浪滔天，秦皇岛外打渔船，一片汪洋都不见……"此时此刻，我畅游在秦始皇入海求仙处的大海边，吟着毛泽东的北戴河的词句，大雨中，感受着毛泽东诗词的意境，感叹着"往事越千年，……换了人间"。我庆幸能到北戴河一游，也庆幸能巧遇这场滂沱大雨，使我能更真切地感受毛

泽东的领袖风采和曹操的英雄气概。如果是一个风和日丽的日子再来北戴河恐怕无这种心情和感受。毛泽东当年就是在这里面对滂沱大雨和滔天巨浪，通过对北戴河自然景色的描写，遥想魏武挥鞭，东临碣石，写下了舒展宏图大志的诗篇。"秋风萧瑟，洪波涌起"今又是，从历史到现实，"换了人间"，表达了毛泽东带领中国人民取得了伟大胜利的豪迈之情，体现了一代伟人的自豪感和自信心，以景生情，用千年的历史陈迹，

把人们从现实自然景色中引入对历史的回顾，唤起人们更加丰富的联想。

天渐渐黑了，海风越刮越大，雨也越下越大，海潮聚起，游客纷纷离去。我却站在海边的大雨中，浑身早已湿透，面对着海的狂潮，雨的滂沱，久久吟咏着：大雨落幽燕，白浪滔天，秦皇岛外打鱼船，一片汪洋都不见，知向谁边？

往事越千年，魏武挥鞭，东临碣石有遗篇，萧瑟秋风今又是，换了人间。

风雨中，海天茫茫，海潮翻卷。我们依依不舍地离开了北戴河海滩，告别了秦始皇求仙入海处，久久联想毛泽东、曹操、秦始皇等领袖和英雄在这里留下的不朽篇章和故事，更加敬仰他们的丰功伟绩，更加流连北戴河这个美丽的海滨。因为这里能使千古一帝的秦始皇想入非非、能使一代伟人毛泽东、曹操诗兴大发，写下气势磅礴、震撼人心的诗篇。那么北戴河的风雨，同样能使无数游客面对此情此景，感情奔涌，感受诗人的情怀。

黄山画中游

　　经过几天的长途跋涉终于来到久仰的黄山。一进山便坐上了游览车，缆车徐徐升起，黄山美景扑面而来，人就像融入自然，感觉仿佛进入画中，于是开始了美妙绝伦的黄山画中游。

　　早晨出发的时候，天气晴朗，同伴们都高兴地说：今天游黄山，遇到好天气了，明天一定能看到黄山日出。可当缆车升起一阵子就遇上了大雾。刚才和煦的阳光没有了，缆车腾空升起，云遮雾罩，烟雾腾腾，像一幅泼彩的水墨画，仔细观察如刘海粟的泼彩画卷。过了一阵，云雾散去，成了万里云海，山峰像千湖岛一样地露出山头，山身隐没在云雾里，云雾变幻莫测，时而聚集、时而飘散，真是一幅幅美妙的山水画。

　　玉屏楼是游黄山的第一个景点，这里山势雄伟，山上的巨石形如雕塑，天造风景，光滑绝伦的巨石上，镌刻着历代文人墨客的手书。平时看到各种图案上的迎客松，就是这里山边上一棵美丽的奇松，它的雄姿美容被广泛地用于各种场合的客厅、会议室和装帧图案里。游人们纷纷抢着在迎客松前照像，还有美术学院的老师带着学生画迎客松。这就是家喻户晓、人人皆知的黄山迎客松。黄山以奇松著名，这棵迎客松更是奇中之奇，是黄山的象征。

　　当晚住在光明顶，天下起了小雨，大家都盼望明天是个晴天，好一睹黄山日出的壮观，可第二天仍是一个小雨霏霏的日子。看不到日出是一件遗憾的事，不过雨中的黄山更有一番情趣。

飞来石，是矗立在万丈绝壁的山崖边上的一块巨石。周围云海茫茫，群山隐没在一片烟雨迷茫中，只有这块巨大的天外飞来石，傲然屹立在群山之巅的悬崖边上，险要又威风。真不知道大自然是如何鬼斧神工地造就了这般美妙绝伦的风景。是谁把这块巨大的飞来石安放在这险峻的黄山顶上，如此壮观，如此神奇？让世人惊叹、遐想，更让人留恋。

到了鲫鱼背，天晴了。这边是云雾，那边是阳光，真是神秘莫测。两边是空谷，远处是云雾笼罩的山头，云蒸霞蔚，极为壮观，这个被叫做鲫鱼背的山顶，石头被风抚摸得光滑奇特，造型生动，松树掩映石旁，黄山处处是美景，每一处都给人们展示出一幅幅绝美的风景画。难怪大画家刘海粟十上黄山，创作了不少绘画佳作。他把黄山变幻的风云，奇特的松石，描画得那样美丽，给人以无穷的享受和美感。还有徐悲鸿、何海霞、董希文等等无数的绘画大师们，不远千里，不辞辛劳在黄山创作了大量的艺术佳作。面对这般美景，我和妻子正在兴致勃勃地拍照，突然一阵云雾在脚下飘绕，晴朗的天空，立马下起了小雨。鲫鱼背的山巅上这边是晴天，阳光明媚；那边是阴天，小雨阵阵。极目远眺，黄山云海在层层山峰上迷漫、荡漾。黄山云海如大海波涛，黄山怪石鬼斧神工，形态独特，仙人翻桌就是在一个山顶上有一块巨大的石头像翻倒的桌子一样神奇，仙人晒靴、仙人指路、双猫捕鼠、石猴观海、鳌鱼驮金龟等石，形象逼真，栩栩如生，真佩服大自然的鬼斧神工这么巧妙地把一个个形象的巨石安放在这险峻的黄山景色之中。

黄山奇松更是妙不可言，除了著名的黄山迎客松外，很多

叫不上名的黄山松，生长在悬崖峭壁，凌空屹立，姿态优美，似仙女在云中舞蹈，婀娜多姿。在一个绝崖前有一个奇松比其他的松树高大，并且有五十六个大枝，叫大团结松。黄山的松，不择地形，石头缝里、绝崖上都生长着很多的怪松。有的把石头都撑破了。更有趣的是一个巨大的松树里长出了一个银杏树，是一大奇观。黄山的奇松、怪石、云海随处可见。苍劲挺拔的黄山松，破石而生，抱崖而立，或于峭壁，或于岩首，美得奇，奇得艳，黄山到处是风景。站在黄山最高的莲花峰看云海中黄山的万般景观，才明白了明朝旅行家徐霞客说的"五岳归来不看山，黄山归来不看岳"的道理。黄山的确是我见到过最美的山。

迎客松

　　从黄山下来后，离开了那梦幻般的美景。在烈日炎炎下，再一次回眸身后的黄山，令人遗憾的是没有看到日出。我对妻说："天晴了，咱们坐缆车再上，住一晚，明天再看日出。"旁边给山上挑东西的挑夫笑着说："等你上山后，山上仍是阴天，黄山看日出，一年也看不到几次。"我们只好依依不舍地离开了黄山。

　　黄山归来我还惦念着以后有机会再来游黄山，看黄山美景，看黄山日出。

丰都游鬼城

告别了雾都重庆，乘轮船从长江顺流而下，山城渐渐远去，像一幅淡淡的水墨画，越远越模糊。

经过两个多小时的航行，来到了丰都"鬼城"。

丰都县位于四川盆地东部边缘，地处重庆与万县之间的长江北岸。传说人死了以后，灵魂都归阴间鬼国，不是升天堂就是下地狱。无论是升天堂或下地狱都必须先到阴曹地府报到登记，然后再是末日的审判。阎王爷根据一个人生前的所作所为裁定因果报应，决定赏与罚，安排是升天堂还是下地狱。人世间一切不平事都能在这里有个公断。这个阴曹地府的所在地就是四川丰都的名山——鬼城冥国。这里是中国鬼文化荟萃的中心，有很多中外游客学者前来旅游探究。这里有吸引中外游客独特的魅力，是长江三峡风景区最热闹的旅游胜地。每一个旅游地都有它的特点，丰都县城除了商场、风景和外地大同小异外，所不同的是有阴司一条街，街两边卖的都是鬼国的用品，鬼钱纸衣纸货等，工艺品也是一些鬼神的造形。路旁的广告牌子上写着："欲知阴曹地府事，请君地府游。"

鬼城的建筑依名山，按鬼城地府的机构设置有十殿及所辖十八层地狱、有枉死城、奈河桥、血河台、望乡台、鬼门关、天子殿、百子殿、玉皇殿、千手殿、九蟒殿等十二殿的寺庙和阴曹地府百十个鬼神雕塑，栩栩如生。特别是十八层地狱宣传的是"人死魂归丰都，恶鬼皆下地狱"的故事情节，有上刀山，下火海；有把人用磨子推；有在世上做生意短斤少两，死后到丰都鬼城心被挖出来放在秤上称；有的说了假话被割舌头的，有的变成了驴，一幅人脸驴头四条腿；有的下油锅、挖眼等酷刑，惨不忍睹。这些雕塑配上现代电声光动感的效果，给人一种身临其境，犹如真的到了阴曹地府的恐怖感，使人不寒而栗，毛骨悚然，构成了一幅逼真的境界。

黄泉路是人死后通往阴间的必经之路，大殿的柱子上写着："黄泉路上未见金乌玉兔，幽冥府中不容野鬼孤魂。"过黄泉路每一个死魂都要在此喝一碗迷魂汤，忘却人世间的一切事。据说有聪明的鬼魂在这里不喝迷魂汤，到了"望乡台"后还能看到自己前世的事和生前家人的情况，一般的鬼魂在这里喝了迷魂汤后到了"望乡台"什么都不知道了。

阴曹地府的最高统治者是丰都大帝，他承天庭玉皇大帝的旨令，率阎罗王等坐镇鬼城治理鬼国。主要人物以丰都大帝为首和他管辖的十殿阎罗，四大判官、十大阴帅，城隍、无常、孟婆、大小鬼卒以及各岗位职能，阴司法刑律等。丰都城建自东汉和帝永元二年，经过《西游记》、《南游记》、《说岳全传》、《聊斋志异》和外国小说《天方夜谭》的故事及历代封建统治阶级、迷信职业者的着意渲染，鬼城越来越神，现在这里成了中国鬼文化的中心。鬼文化在中国流传了几千年，鬼神论争论了多少年，有人信，有人不信。

传说孔子是个大孝子，他母亲问孔子："人都尊你为圣人，你应该知道世界上到底有没有鬼？"孔子说："世界上没有鬼。"他母亲说："既然没有鬼为什么从古到今有那么多的人信呢？"

孔子说:"那可能有吧!"他母亲说:"那你把鬼弄来让我看看。"孔子无奈,看见一个挖煤的人,孔子就向这个挖煤的人说明了自己的孝心,让这个人藏在房子里,孔子给他母亲说这屋子有鬼,就向屋里喊:"鬼,请把你的鬼手伸出来。"于是挖煤人就把他的手从窗子里伸出来,再喊:"鬼,请把你的鬼头伸出来。"挖煤人就把头从窗子伸出来,然而伸出来的头,不再是挖煤人的头,是一个人不像人,鬼不像鬼的鬼头。孔子的母亲总算见了鬼,可孔子却纳闷,分明进去的是一个挖煤人,怎么能伸出一个鬼头呢?随即打开门看时,却不见了开始放进去的那个挖煤人。孔子大惊失色说:"看来神鬼之事吾也难明。"

鬼神论束缚着人、又安慰着人,它既抑制人的凶残恶劣一面,宣扬"恶有恶报",又安慰人善良软弱的一面,宣扬"善有善报"。丰都城的阴曹地府是古代人们幻想的人最终的归宿,创造这个地方的人比历史上任何一个思想家哲学家都伟大深刻,它是教化人弃恶从善,改邪归正的活教材,这在当今人们对一切主义思想和信仰淡漠、崇尚金钱、贪图享受、利欲薰心的人也是一种潜移默化的教育,是一种道德规范的教育。

我千里迢迢来到丰都鬼城旅游,探究鬼神,鬼神在哪里呢?孔夫子难明的神鬼之事谁能明呢?人死后灵魂真的能到这里吗?人世间的不平事真能在这里得到公断吗?真的有因果报应吗?我希望这一切都是真的。

在航空母舰上

小时候听战斗故事、童话和科学幻想中最强大、最历害的武器就是航空母舰。在孩子们的心中航空母舰是武器之王，因为听说航空母舰上有飞机场、有电影院、有篮球场……可惜，中国没有航空母舰，那是我儿时最大的幻想和遗憾啊。每当从电影里、书本上看到航空母舰上那威武的雄姿，我就心情激荡，由此产生对战争的种种遐想，让人兴奋不已。今年四月，我去深圳有幸参观并登上了前苏联的明思克航空母舰，感慨万千，心情久久难平。

位于深圳湾海岸边的明思克航空母舰，远远望去，一个巨大的庞然大物停泊在宽广的碧海蓝天当中，以它庞大的气势给人以强大和威武的震撼，岸边码头上停放着各式的战斗机、坦克和大炮。奇特的棕榈树，在融融的春光里悠然的摇曳着。海风轻轻的抚摸着这些钢铁铸造的一个个庞然大物——各式的飞机、坦克、大炮和海边停泊的那个庞然大物——明思克航空母舰，一副临战状态，似乎岸边的飞机、坦克随时就能参加战斗，战争似乎一触即发。然而，那些坦克、飞机、大炮看起来油漆的崭新如初，里边却烂的连个零件都没有了。海里巨大的航空母舰上的雷达天线在飞快的转动着，舰上的排水孔在哗哗地排着水，一副整装待发的样子，好不威风。登上航空母舰，首先

看到宽广的甲板上停放着几排苏式旧军用飞机，甲板的四个角上分别安放着四架高射炮，舰体中间是高大复杂的舰体中心装置。在导游的引导下，我们匆匆的走马观花游览了一圈，马不停蹄地转下来，就用了两个小时。这艘航空母舰集陆、海、空三军于一体，各军兵种的生活、作战的程序井井有条，如同儿时童话中讲的一样，航空母舰上有医院、食堂、飞机场、蓝球场、作战室、操作室等等，应有尽有。在情报室里，讲解员介绍说这艘航空母舰在苏联解体后俄罗斯宣布明思克退役，把它当作废品卖给韩国当展览品时，舰上的情报部门就是在这里消毁了这个航空母舰上所有的有关资料和数据。

我坐在明思克航母舰长的位置上，想象着它昔日的威武雄风。在锚仓里，看到那巨大的链子。导游说这条锚链长两公里，重40吨，现在静静地躺在那里，似乎向游人诉说着前苏联明思克号远航战神的传奇故事。在舰长室，陈列着明思克号最后一位舰长的物品。讲解员说，这个舰是一九九九年，中国花五亿人民币从韩国买来后进行了全面装修。开业那天，请来了这个舰上的最后一任舰长，当时这个舰长登上这个舰母旧地重游，来到他当年生活，战斗过的这个航母上，泣不成声。

从明思克航母上下来后，站在深圳湾海岸，回眸明思克航空母舰这个庞然大物，这个先进的战争武器，我的心里久久的不能平静。航母构造精密、复杂、先进，它诞生在前苏联那个科技发达、国家富裕、军事强大的大国。我不知道，这艘航母的历史中，究竟它在战争中发挥了多大的作用？它的战斗力，摧毁力无疑在当时是极其强大的，然而，这个庞然大物并没有使他的国家富裕强大，现在却沦为韩国的一个玩物，一个观赏品。后来又被韩国转卖给了中国。它的国家，造了它，却养不起它，因为有了它，也并没有使它的国家更强大，却解了体。因而，我想巨大的明思克航空母舰如果有知，一定也会痛哭流涕的。它当年虽然威风了一阵，却如同一个弃婴一样的沦落到异帮成了一个观赏品。

从航空母舰上下来的游客纷纷议论着："这个庞然大物，打不沉吧？"我说："怎么打不沉，美国的航空母舰不是在二战时被日本人打得一塌糊涂？"前苏联当年威风的明思克号现在成了中国游客的观赏品后，据透露苏联在一九七二年珍宝岛事件时，仗着他们有这个航空母舰，中国没有，准备从东海利用这个航母攻打中国，终因考虑到，虽然中国没有航母照样不好对付，而取消了用这个航母打中国的计划。事实证明，苏联当年没有利用这个庞然大物打中国，是明智的选择。

看着这个庞然大物，我一方面为它庞大精密、复杂的设计建造所佩服感叹，另一方面，又为它被卖到异国他乡当展览品而婉惜。看到航母上俄罗斯的演员们穿着"三点式"的服装在疯狂的表演节目，我不知道她们的民族自尊心到哪里去了？为此，我为他们感到伤感，我也理解明思克航母上的舰长在深圳湾登上明思克号后的泣不成声。由此，我想，人类如果没有战争该多好！我反复品味着毛泽东说过的："我们是不要战争的，但是如果面对战争，只能用战争去消灭战争。""决定战争胜利的因素是人，不是物。"一个国家的强大武器成了别国的展览品，那是多么的可悲？我不知道那些俄罗斯的姑娘们脱光了衣服在他们的明思克航空母舰上表演时是怎样想的？

从明思克航空母舰上下来后，我深深的感到一个国家的强大和富裕是多么的重要啊！

到九寨沟去看水

从银川坐了一天两夜的火车，到了四川成都已是第三天的早晨 8 点。

顾不上休息，旅游公司已有人接车，坐上大巴车直接向九寨沟进发。离开成都市区，郊外异样景观，让人感到南方和北方截然不同的气候、建筑、绿野。这里的庄稼、植物都生长的非常茂盛，到处是郁郁葱葱的景色，几乎看不到一块空白的地方。民房笼罩在一片茂密的树林中，房屋周围没有一点空间，好像房子建在庄稼地里的感觉。路边的树木直窜云霄，挺拔而高大。这和北方大块大块的荒地野滩相比，没有一块闲置的空间，绿的让人透不过气。四川盆地的高温给人一种压抑的感觉。

车子很快驶过平原进入山区，上坡下坡，绕了一圈又一圈，山高路险，颠簸摇晃。沿途羌族、藏族的村寨给人一种新奇的感觉。导游告诉我们，这里是阿坝羌族、藏族自治洲，从建筑上看都差不多，都是阁楼。一楼有墙，二楼没有墙，好像房子还未建好一样。羌族的房顶都用白水泥勾边，远远望去，房子的轮廓就像绘画的白描一样勾了一个白边。而藏族的村寨都挂满了经帆，房子大多是两层，窗户上小下大，整个房就像一个梯形的碉堡。有的村寨就建在云雾缭绕的山顶上，一条小路就像绳子弯弯曲曲的绕来绕去，一直从山沟的岷江绕到云遮雾罩的山顶，非常优美，村寨如风景画中画家刻意点缀的房子，美伦美奂。绿茵茵的山坡上，成群黑色、白色的牦牛，更如一幅绝妙的风景画。这就是大山深处的羌族和藏族。

经过一整天汽车的长途奔波，天黑前到了九寨沟口住下。

第二天天刚亮，就开始进入九寨沟风景区。五湖四海，四面八方的游客，集聚在这里等候检票进沟。大门外，当地的歌舞团表演着民族舞蹈，唱的唱，跳的跳，旁边的高音喇叭还在反复播放着人们早已熟悉的容中尔甲唱的《神奇的九寨》。游客们通过检票口，坐上观光车，脱离了一路的风尘颠簸，脱离了大门口的闹区。观光车缓缓的在风景如画的九寨沟开始了游览。目的地到了，观光车沿沟里的流水而上，导游一路讲解着。她们给这一汪汪水都起了一个个好听的名字：孔雀海、熊猫海、五花池、犀牛海等，我无心记住一个个海的名字，只被那一池池水的神奇而惊叹了，这里的水清澈见底，比饮用的纯净水还清；这里的水瓦蓝瓦蓝的，如同把湖蓝的水彩颜料倒入过滤后的纯净水中一样。在这美如仙人泼彩的水中倒映着层层叠叠的山峦，树影透明得让人心醉。

九寨沟的水神奇地让人不可思议。"水天一色、倒影相同"这是我见过所有山水的共同特点，也是环境色的必然规律。而九寨沟的水却偏偏不受环境的影响，无论岸上碧绿草木，还是蓝天白云，九寨沟的水仍是一片纯洁的湖蓝，蓝的让人不敢相信这到底是水还是颜料？"五彩池"是九寨沟最美的一个湖，是隐没在山林中的一个池子。还没到五彩池，远远隔树林望去，就是一片惊人的湖蓝。到了跟前，才看到这个池子里的石头游鱼和树根，透明的一清二楚，艳丽异常，五彩斑斓。岸上的草木在阳光的暗面墨绿墨绿，而池子中的水湖蓝的一尘不染，丝

毫不受环境的影响。这就是九寨沟山水独特神奇的一面。我好奇地把这池子中的水用手捧起来，装到瓶子里，呈现的是晶莹剔透的纯净水，无颜无色，我才发现了九寨沟的水和其他地方的水一样没有什么区别，神奇的是它岩浆钙化的地面，才使水有如此神奇的颜色。

  九寨沟是四川省阿坝藏族、羌族自治洲内居住着九个藏族村寨的一条呈"丫"字形的沟，原始森林护卫着 118 个湖泊及林间无数的瀑布，这里环境幽雅，如同世外桃园，人间仙境。"黄山归来不看山，九寨归来不看水。"的确，九寨沟的水，真是一绝。水在这里靠特殊的地质结构变换着色彩，除了它以溪、泉、河、瀑、滩、湖泊的千姿百态外，还有那神奇多彩的颜色，各种瀑布，溪流的声音，形成形、色、声各具特色，构成水在林间流，林在水中生，湖藏林海中，瀑在林间挂的绝世佳景。
  九寨沟的水是天下最美、最纯的水。它以瀑、湖、溪、泉、河的形式展示着它天下独美的风采。九寨沟是瀑布的王国，珍

珠滩集最宽、最多的瀑布群一体，有的宽阔高大，气势宏伟，有的低矮俊秀，错落有致，汩汩细流，它们高唱低吟，千姿百态，与湖河相接，如诗如画美不甚收。九寨沟的水，处处显示着它不同一般的绝景。跳动的瀑布，凝静的湖水，形成节奏感极强的造型，透明的湖水，鲜明的色彩给神奇的九寨沟赋上了一层美丽的色彩。九寨沟真是一个自然景观的博物馆，如同人造的美景。九寨沟是水的王国，人间仙境，到九寨沟看水，真是一种美的享受啊！

长城随想

　　小时候还没有上学就常听母亲讲孟姜女哭长城的故事了。在以后多年的教育与新闻媒体的宣传中，万里长城常常耳濡目染。联合国已把中国的长城列为世界八大奇观之一，因而长城常常引起我的无尽遐想。

　　这些年我游遍了中国的长城，东自山海关，西至嘉峪关。多次游览过保存完整的八达岭长城，也在宁夏的盐池、甘肃的武威寻找过已经基本消失的长城痕迹。对长城全方位地近观、远眺，无论是战国的长城，秦国的长城，还是隋、唐、明长城。人们都只记着一个建长城的暴君秦始皇。说起建长城，就说到秦始皇建长城时的典型故事就是一个孟姜女哭长城，成为秦始皇的残暴例证，被千古流传。

　　现在的长城成了世界奇迹，观光长城的人每天都从全国、全世界络绎不绝地涌来。毛泽东给人们留下了"不到长城非好汉"的号召。人们怀着"到了长城即好汉"的喜悦心情，不远千里万里游览长城，这就给国家创造了巨大的收入。由此想起一句诗："万里长城今犹在，至今不见秦始皇。"秦始皇不仅修建了弛名中外的万里长城，也创造了另一大奇观：秦兵马俑。这是七十万刑徒徭役，三十八年风雨历程，两千多年铸就的辉煌。秦始皇的兵马俑和长城，现在是中国旅游业的热点，并且占据中国旅游之首。由此可见，秦始皇的功绩的确比历史上任何一个帝王都有成就，他第一个完成了中国的统一大业，他建立的中央集权制的政治制度，影响了几千年中国的统治体系，他统一了文字、度量衡和货币。他的功绩对今天的国人似乎没有多大的现实意义，而他的残暴与罪孽正是在于修筑万里长城和兵马俑，却给当今和以后的国人创造了无穷的财富和深邃的民族文化，让世人敬慕。

登上长城，看着这浩大的工程不禁让人生出感慨。在那个生产水平极端落后的年代，建在这高山峻岭之巅，多么艰难。这浩大的工程该是多少百姓的血肉之驱叠成？这每一段长城，不知发生了多少孟姜女哭长城之类的故事，多少生灵被埋藏在长城脚下。靠古代那种简单的生产工具，修建长城需要付出多大的艰辛啊！看着长城，我就想起了山海关的孟姜女庙，孟姜女哭倒万里长城的事肯定只是一个神话传说，可她反映的人民对于修建长城的血泪控诉确是千真万确的。面对着这蜿蜒壮观的万里长城，我在赞叹之余，更多的是感叹，可悲。万里长城是封建剥削和压榨的见证，除了今天给人们富裕和闲暇得到一种消遣外，还能有什么用处呢？它只不过是用劳动人民的血肉堆起来的一道永远不朽的风景线。

站在长城上我想到了美国的飞毛腿，想起了伊拉克的爱国者导弹，人造卫星，原子弹，这一切岂能是长城能抵挡得住的？别说今天，就是在古代建长城的时候，万里长城还是没有抵挡得住成吉思汗、忽必烈的滚滚铁骑！如此说来，修建长城是劳民伤财的、是一种无效的劳动。这是长城脚下无数冤魂的呐喊。任何好事和坏事都可以互相转化，秦始皇修长城让国人骂了千百年，现在竟成了世界奇观，成了中国旅游业收入最高的景

点。秦始皇的兵马俑也成了世界奇观，它给人们创造的财富大大超过了秦始皇修建时的价值，并且是一个用之不竭的摇钱树。所以，我说秦始皇比历史上任何一个帝王高明，有些贪婪的帝王死后把大量的金银财宝甚至活人用作殉葬品，而秦始皇把智慧用作陪葬，给后人留下了千古遗产。看着长城脚下和秦陵兵马俑一带靠旅游发财的人，我想这些人的祖先当年在这里可能是遭殃者，可他们的后代今天却成了受益者。

秦始皇不愧是中国封建帝王中的佼佼者，他的雄才大略，他的历史功绩早已为世人所称颂，他的栖身之地骊山墓地的兵马俑卫队，成为千百万人神往的谜，所以来自国内外的观赏者更是络绎不绝，而万里长城更成了中国人的骄傲和丰富的文化遗产。世界八大奇观，中国就有两个：万里长城和秦兵马俑，这对于秦始皇到底是功还是过呢？

开着小车回老家

1979 年 1 月 1 日，我母亲去世不到一周的时间，我背着铺盖卷坐上火车离开陕西扶风的老家到宁夏谋生。火车开动了，看着窗外隐退的关中平原，想着将要到一个未知的地方去闯荡，我心里很难过，在火车上哭了一路。写了一首诗："车过一站又一站,泪洒三省去如烟。今日奔命去贺兰,不知何日凯歌还?"

32 年来，我在宁夏贺兰这块土地上艰苦创业，疲于奔命，如今年过半百，老境将至还没有混出个人样儿。这些年多少次回过陕西老家，刚来宁夏那几年，买不起车票，扒过火车，后来坐过汽车，也坐过飞机。每次都有新的感慨。时过境迁，日子越来越好，多少次往返在陕西和宁夏这条奔命之路、眼泪之路上都浮想联翩，心情激动，都能想起 32 年前来宁夏时在火车上写的诗，都能勾起我遥远的记忆和无限的遐思。

今年"五一"小长假，我酝酿了很久终于开始了开着小车回老家的行动。我买了小车开了几年，还没有出过银川，这次要开着小车回老家，心里总不踏实。事先我多次看地图，打听路线，把行程写在本子上。还购买了导航仪、地图和旅游的书籍。临出发的前一天，我开车到汽车专卖店对车况进行了全面的检测保养,加满了油。准备上路了,妻子准备了一皮箱换洗的衣服,儿子买了一后备箱吃的、喝的。五月一日的早晨 8 点多,我和

妻子开上自己心爱的小轿车从贺兰上了高速公路出发了。我准备拍摄一个专题片子叫"开着小车回老家"记录一路上的所见所闻、乡村趣事、风俗人情、自然风光和人文景观。

过去回陕西老家坐火车，很慢，早晨从银川坐火车晚上才能到兰州，在兰州签字中转，到候车室坐一晚上第二天上午再坐兰州到西安的火车，第三天才能到西安。现在开着小车上高速，七八个小时就到西安了。我这次回陕西为了旅游，从北线经过延安到壶口，再到黄陵，然后再到西安，回到我的老家陕西省扶风县。

驾着小车上了高速公路，五月的银川平原，绿染塞上。美丽的银川城廓像镶嵌在一个美丽富饶的绿地上的一颗璀璨的明珠，不由人想起"天下黄河富宁夏"的赞叹！

小车在这样美丽的景色中行进让人感到心旷神怡。一个个美景向身后隐去，120公里的时速给人一种飘飘欲仙的感觉。车内播放着优美的《梁祝》音乐，窗外美景变幻，如同画中游。

经过几天的长途驱车，沿途走走停停，旅游观光，拍照摄像。参观了革命圣地延安，游览了壮观神奇、汹涌澎湃的黄河壶口瀑布，拜谒了轩辕黄陵，参观了西安世博园艺会的花卉展览，终于回到了我的老家陕西省扶风县——渭河北岸一个叫姜嫄的村子。传说姜嫄是神农氏后稷的母亲，至今这里还有姜嫄圣母的庙宇。

在老家人眼里，能在外边工作，能在外边找一个城里媳妇，那就是本事了。对于我这个过去在老家穷得找不上媳妇的穷小子能开着小车回来更是本事了。家里人和村子左邻右舍的乡亲，自然是一番夸赞。我不敢张扬，见人老远就下车打招呼，把车放下步行几里路到渭河边看渭河。我指给妻子：32前我在这里给猪拔过草，在那里拉架子车干过活，在渭河上架桥打过桩……

32年前我在渭河防洪水利工地上干着苦役般的劳动，下班后在渭河里游泳、洗澡，在渭河堤岸上吼秦腔的情景又浮现在眼前。我在渭河岸边上不由得吼起了秦腔，寻找32年前在这里生活的感觉。村子经过几次动迁，我记忆中的村子格局已经不存在了，所以一切觉得很陌生。村子里的很多人也不认识了，基本上40岁以下的人都不认识。正如贺知章的诗："少小离家老大回，乡音无改鬓毛衰，儿童相见不相识，笑问客从何处来。"

开着小车回老家看到很多不同的景，见了很多不同的人，所有的人都在辛勤的劳作着，各有各的不同，农村的一切都在变，社会越来越好。我对老家农村的过去已经成为遥远的记忆，回到银川感觉更加的亲切，回到银川的家更觉得温馨，我爱老家，更爱宁夏银川我的第二故乡。开着小车回老家是一次不同寻常的长途旅行，是一次游玩，也是一次温故而知新的巡礼，因而是一次难忘的记忆。

秋日游贺兰

人们说起旅游往往想起外地的名山大川，而我爱我的家乡，秋日带着欣赏的目光，游了这平时司空见惯了的家乡美景，又一次被贺兰这日新月异的美好景象所震撼，所激动，使我更爱贺兰这方水土这方人。

秋日一个周末的下午我和妻子做了一次近游，中午吃过午饭后，开车向贺兰山进发，我们没有上高速公路，而是绕着村庄，踏着秋色一路慢行，欣赏着贺兰秋天的美景，最让人兴奋的是周围熟悉的村庄，在政府"洁净工程"的号召下，一个个面貌全新，过去农村乱七八糟的柴禾草堆不见了，村口多年失修的残垣断壁没有了，沿途所有的民房都焕然一新，墙面粉刷得干干净净，墙体上都贴上了洁净工程、幸福家园、民风建设、农村建设内容的喷绘宣传画，图文并茂，把一个个村子美化的既有文化气息，又有新农村的精神风貌，看着让人赏心悦目，雅俗共赏，既有教育意义又美化了环境，提高了乡村文化品味，更让我兴奋的是这些喷绘的宣传画很多都是我们装潢公司设计制作的。所以，我更喜欢这些墙体宣传画，我庆幸我也是这美好社会、美好人文的建设者和享受着，这也是我的一份杰作啊，它具有美好的现实意义。

车子在乡间的林荫道上行进，秋日乡村的美景变换着一个个新奇的画面。田野到处是秋收后农作物的秸秆，一片枯黄，唯有一片片蔬菜基地仍然一片嫩绿，枸杞园一方方、一块块仍显示着它独特的风采神韵，每个村口的打麦场上，稻谷堆成小山，玉米棒子一片耀眼的橙色，一派丰收景象。这就是秋天最明显、最诱人的收获果实。粮食堆成的小山，一个村比一个村子大、一个比一个美啊！再看那些丰收后的农民在稻谷场上匆忙的身影，他们一个个阳光灿烂，笑容满面，幸福和快乐洋溢在脸上，无法掩饰他们收获后的喜悦。

车子在秋日的美景中继续行进，贺兰山的倩影也越来越近，越来月明晰，远远望去，贺兰山就像一条蓝色的屏障，用它宽广的胸怀拥抱着银川平原这块肥沃的热土，贺兰山的轮廓如同一个美丽的睡美人，在静观、在欣赏着银川平原丰收后的喜悦，秀色可餐，那美丽的睡美人的轮廓，有人说那就是一个美丽的睡佛，在恩慈着百姓，福祉着万民，让人间更美好！

在一块菜地前我们停下车子和菜农交谈，让我不解的是这里离我家并不远，都是我以前非常熟悉的村子，而这些人竟一个个操着让人听不懂的南方口音，长相也是南方人的模样，一打听，才知道这是政府实行了土地流转，把土地租给南方的客商，他们说，我们宁夏这里的土地宽广，没有工业污染，人员工资又低，所以他们在这里用我们的地，用我们的人给他们种菜，然后再把这些没受过污染的菜运到南方、香港、深圳一带，卖个好价钱。好精明的南方人啊，我佩服他们的聪明才智，也佩服政府土地流转的承租方式，南方人管理的蔬菜基地，一块块一方方，齐齐整整，都是现代化的灌溉方式，农民在地里干活，不用像过去那么死卖力气，受苦受累，到了浇灌的时候，一按按钮，就能看到晴朗的天空下一片雾水，自动浇灌，喷灌在阳

光的照射下，形成的彩虹，风景如画啊！

在菜农的指引下，我们下地在一块扫园的菜地里，寻找着他们摘采后剩下的菜心，一会儿工夫，我们每个人摘了一大袋子又嫩又青的菜心，我们也享受了一次秋收的感觉，我们把秋装在了袋子里，装在了心里。

夕阳西下，贺兰山的轮廓在落日余晖中越来越壮观，越来越宏大，在暮色中，天地、村庄、人溶为一体，博大恢弘，无边无沿，贺兰山下的村庄伴着秋夜来临前的袅袅炊烟，蕴淹在一片苍茫之中，我们踏上归途，心中装满秋色，装满惬意。

秋日游贺兰，让我回味悠长，对贺兰的未来充满希望，充满信心。我在心里赞叹着"美哉！贺兰"。

国庆七日游

2013 年国庆七天长假，高速公路全部免费，这个时间的气候适宜，很适合出游，我也刚买了宝马越野车，开车疯跑是我现在最大的兴趣。从地图上看，去内蒙古的额济纳旗是最好的选择，那里路途遥远，人烟稀少，远离城市，不像别的地方密密麻麻的城市村庄，一个个紧紧相连的密不透气，从银川到内蒙的额济纳旗是一条空旷的远路，我想象着在那条人烟稀少的地方，可以由着性子开疯车。额济纳旗美丽的胡杨林吸引着我，于是开始了国庆七日私驾游。

一、感受长途跋涉

10 月 1 日早晨 7 点钟，我们一家人从银川北上了高速公路，妻驾车，我导航，向遥远的额济纳旗进发，刚上了高速公路，大雾迷漫，能见度只有几米，才走了几公里，只好返回。到了八点多，雾小了些，仍然看不见远处，由于在额济纳旗已经定了当天的住宿，只能小心地开车慢行，一直出了银川，进入贺兰山，在通往阿拉善左旗的路上，大雾才彻底散去，四野清新，路两边没有任何建筑物只是蜿蜒的山路，过了贺兰山，前面一片开阔，车子轻快的飘移在平坦的柏油路上，车内播放着优美

的音乐，我的心情也豁然开朗。

车子很快就到了阿拉善左旗，走之前就听说阿拉善左旗沿途的加油站没有 97 号汽油，在这里加满了 97 号汽油，又上路了，这是一条省级公路，双向行驶，很少限速，路面只有 6 米宽，对面来车相会，如果车速太快是很危险的，在这条路上不需要再导航，我开着车子，开始飞奔，四周都是望不到边的戈壁滩和遥远的地平线，这是在其他地方很少能见到的景观，我的心情和这一望无边的戈壁滩一样开阔，在没有会车，没有拐弯，没有限速的地方，可以开到 150 公里时速或者更快些，车子轻盈地在这广袤的戈壁滩上飘移着，风驰电掣般地向前飞跃着，我真想把车子当飞机一样地开，望不到边的路，天似穹庐，地无限，可谓："天苍苍、地茫茫"。车子再快在这遥远的道上也看不到效果，周围没有建筑物和其他参照物，车子跑多快，也感觉在原地踏步，车再加速，还是在茫茫戈壁滩上蠕动。一路上除了有几个加油站，再没有任何建筑和人烟，只是隔很长一段路，在路右侧有一块空地，跑累了的人把车子停在这里暂时休息一会儿，在一片戈壁滩上，午后的阳光照射下形成了一片奇特的海市蜃楼，很多西行的车子都停下观看；西天边上一片汪洋大海，脚下的路通往前面的是一个美丽宽广的海滨，海里的山在水中有倒影，有云雾缭绕，岸边一片片树林形成清澈透明的倒影，游客被这美丽壮观的景象震撼了，大家纷纷拍照留影，这种空旷、壮观是我从未见过的，四野一片辽阔，看不到天际，这对我们平时看惯了高楼大厦，行驶在人流拥堵，车堵为患的城里人来说，是多么的宽敞、洒脱啊！车子在没有任何遮挡视线的戈壁滩上飞驰，是多么的惬意啊！

一路上走走停停，晚上 20 点才到达额济纳旗，夕阳的余晖中，终于看到了有人烟的地方，到了额济纳旗，城市楼房是和我们平时一样的建筑。算算时间走了近 12 个小时，行程 800 多公里。

于是我想起了余秋雨写的散文《文化苦旅》，旅游是辛苦的，在中国历史上，多少文人墨客，风餐露宿、长途苦旅留下了多少人文景观的诗篇，千古绝唱！想想我的一个朋友曾骑自行车不仅从银川到了额济纳旗，而且到了敦煌，把偌大的新疆骑自行车走了个遍，那种艰辛比开车走胡杨林辛苦多了，真正算得上是苦旅。那种精神真的是难能可贵啊！

二、神奇的胡杨林

10 月 2 日早晨 8 点钟，我们一行人从胡杨林的入口处进入一道桥景区，一场酝酿了千百年的美丽盛宴徐徐拉开了序幕，胡杨林的美景早就听说，今天终于千里万里的长途跋涉来到了胡杨林，真切看到了让人向往了很久的胡杨林，进入一道桥，如同一幅美丽的画卷打开了，旭日的阳光照在金黄的胡杨树上，受光处是一片耀眼的金黄，背光处是橙红、土红的颜色，树干半明半暗，而水中的倒影更是迷人，岸上的胡杨树是什么形状，什么颜色，水中的倒影就是什么形状，什么颜色，阳光还没有照在水面上，水中的倒影，一片沉静，分外清澈透明，树的形状各异，阿娜多姿，天很蓝，蓝天把金黄的胡杨树衬托的更加明亮耀眼，人们纷纷在湖边支起相机，贪婪地按动着照相机的快门。面对这良辰美景，我想起了大门口牌子上赫然写着："三千年的守望，只为等候你的到来"的句子是多么的让人兴奋！这里是胡杨林最壮观、最大气的景区，湖水清澈，胡杨成林，绕

着弯曲的湖岸，形成极美的节奏，这里视野开阔，是看胡杨林最好的角度，人们被这里清清的湖水，娇艳的胡杨，迷人的倒影所陶醉，仔细看这景观，很眼熟，这一个个美景都是以前在电视上、在画报上见过的，今天身临其境，如同仙境，更觉亲切，如一道铜墙铁壁，又有很优美的节奏，一个个胡杨树有各自不同的造型，错落有致，千姿百态，各俱风格，有的胡杨树竟然是一树三种叶子，让人不可思议。胡杨树的形状，不像白杨树一直钻天，它形态美观，一簇簇，一块块的树枝形成它独特的风格。

二道桥的景观也是以倒影著称，在这里斑斓的胡杨林与静寂的黑水河交相辉映，成就了胡杨林最美的景色。水天一色，树影相同，透明的让人分不清是树还是影。越往里走，没有了湖水，胡杨林分布在起伏不平的沙丘上，以它不同的形态展示着胡杨树独有的璀璨神奇，苍然傲骨，它生长在沙漠中，抗旱、

御风沙、耐盐碱，有顽强的生命力，因而被赞誉为"沙漠英雄树"。它是一个神奇多变的树种，春夏为绿色。深秋为黄色，冬天为红色。

我们随游客在沙漠中行进，欣赏着一个个神奇的胡杨树，人们喜爱胡杨树欣赏他倔强顽强的生命力，激发人类太多的诗情画意，古往今来，胡杨树为一种不屈不挠，顽强不倒的精神被人们膜拜。

三道桥被称为红柳海，红柳是荒漠上最常见的一种植物，它没有胡杨树高大的身躯，却有最执着的根蒂，顽强的生命力和荒漠相依，站在观望塔上，红柳海红云舞动，似锦如霞，甚是壮观。

四道桥被称为英雄林，这里是千年胡杨林最集中的片区，树干粗壮巨大，形态各异，就像一个个威武战士的化身。从四道桥出来，走出胡杨林，坐上旅游大巴车，来到了八道桥，这里被称作沙海林，一进大门，是一群蒙古历史上英雄人物的沙雕，然后游客纷纷登上巴丹吉林沙漠那连绵巍峨的沙山。沙山在西下的阳光中形成强烈的明暗对比，一边是明亮耀眼的金色黄沙，一边是背光中的冷色黄沙，如梦如幻的光影色调，是拍照的极好时光，人们欣喜若狂地滑沙嬉戏，感受着大自然的美妙绝伦，大漠驼队，沙漠冲浪，给沙漠增添了丰富多变的色彩。

游完了额济纳旗胡杨林景区，第二天一大早，开车到距额济纳旗28公里外看"神树"，这是额济纳旗地区最古老、最大的一棵胡杨树，据说有三千多年了，树高27米，直径约4米，三百年前土尔邑特人打到额济纳，周围的胡杨林都被烧了，唯独这棵高大的胡杨树产生了敬畏，被称作为"神树"而没有被烧毁，游客围着神树默默地祈祷着走三圈，而且给树枝上拴

着纸币。看着这枝叶繁茂，巍然耸立坚强的神树，我也对它产生了无限的崇敬之情，我感叹着在三千年的苍茫岁月里，人们的生命是暂短的，一代接一代，死了活了，时代在经历着战争的创伤，岁月的磨砺！日月星辰，斗转星移，远去了鼓角争鸣，再伟大的人只不过是几十年光景，一闪而过，而这棵三千年的胡杨树，经历了千百年的风霜雪雨，毅然傲立在这茫茫戈壁滩上，它的生命多么的顽强，它真的是一棵神树，一个历史的活化石，是历史的见证者。难怪有很多游客围着这大树敬礼膜拜，虔诚的祈祷着。但愿它真的是一棵万年不倒的神树，是一个福祉百姓，保佑万民的神树。

游完了胡杨林景区，我不仅对胡杨林深秋万紫千红的美景赞叹，更敬仰它能在沙漠戈壁上倔强、顽强的生长，"活着千年不死，死后千年不倒，倒了千年不朽"的精神和气节。它是大自然漫长进化中幸存下来的宝贵物种，它妩媚的风姿，坚强的性格，激发人类太多想象。

三、黑城，怪树林的感叹

10月3日早饭后，我们怀着对胡杨林的留恋和惜别，再一次沿着路边的胡杨林欣赏了一遍后才依依不舍地离开了额济纳旗，在去酒泉的路上去看黑城和怪树林。

黑城遗址位于额济纳旗东南25公里处，是古丝绸之路上现存最完整、规模最大的一座古城遗址，该城建于公元九世纪的西夏政权时期，1372年明朝将军冯胜攻破黑城后，就放弃了这一地区，历史在这里封沉了700多年，现在还残留着城墙的残垣断壁，全城东西434米，南北384米，周围约1600米，东西两面开设城门，城墙西北角上保存有高约 13 米的覆钵式塔一座，城内的官署、府第、佛寺、民居和街道的遗迹依稀可见，城外西南角，有一座穹坊式顶的清真寺。

相传，当年黑城有一个守将名哈拉巴特尔（即黑将军）此人英勇善战，威名远扬，后来大兵进犯，来兵把河水截断，黑将军在既无援兵又无饮水的困境中，率兵突围，出战前，黑将军把 70 多车金银财宝和一顶镇城之宝西夏皇冠全部投入城内的枯井中，为了不让自己的亲骨肉遭受蹂躏，黑将军把自己的一双儿女推到井里，封土填埋，黑将军带领士卒冲出城外，最后战死在离城不远的怪树林。后来就把"怪树林"比喻成哈拉巴塔尔（黑将军）的士兵，千年守护着哈拉巴特尔，表现出一种宁死不屈的精神。

出了黑城不远处，就是怪树林，怪树林实际上是大片胡杨树枯死而形成的，近代以来，由于人类不合理的开发，极大地破坏了胡杨林赖以生存的生态环境，特别是额济纳河断流，沿河两岸的大片胡杨林因缺水而枯死，又因它们有特强的耐腐性，大片枯死的树干依然矗立在戈壁荒漠之上。

走进怪树林，给人一种惊讶，这里枯死的胡杨林，完全就是一幅战场上战败的狼藉，有的像人很痛苦挣扎的样子，有的像人东倒西歪，有的树干枯了倒下了，又撑着起来了，并且干枯的枝上又长出了新芽，人常形容"根深叶茂"，可这里的胡杨树，根枯朽了，树梢叶子仍茂盛。很多干枯的树挣扎的形象，有的树如龙，有的如蛇，有的如雄狮，有的如猛虎，神态各异，这些枯死的树干树枝奇异的造型给人死一般的沉寂和恐怖，又如同一幅沐血战斗后定格了的残酷场景，让人不寒而栗。枯死了的胡杨树，气魄雄浑、骜孤悲凉，宛如无数战士的化身，定

格了万物造化的悲壮场面，一大片枯死了的胡杨林，如苍龙腾越，虬幡狂舞，蛇蝎交战，千姿百态，让人不可思议，黑水河断流居延海干涸，大自然的鬼斧神工，造就了这般形态怪异悲凉的景观。

看着被岁月的风霜销蚀了的黑城，想当年这里也是丝绸之路上繁荣的关隘城市，人来人往，车水马龙，千百年前这里的70多万亩蓬勃茂盛的胡杨林，到现在成了这般惨状，让人震惊、恐惧，城没有了，只留下残垣断壁，被风沙掩埋；人没有了，只留下一个个悲壮的传说，茂盛的胡杨树没有了，只留下这如战败后的凄凉景象。

游完黑城和怪树林，我仿佛聆听了一次战争的诉说，似乎看到昔日古战场惨烈的战斗，胡杨林不屈挣扎的痛苦，这无论对人类，对胡杨林都是一个生命的绝唱。生命在这里窒息了的沧桑画面啊！

四、酒泉东风航天城

10月3日下午看完了黑城和胡杨林后，就往酒泉赶路，一路上人多车堵，时不时有超车抛锚，一头扎在沙窝里出不来，从下午4点堵到天黑七、八点钟才能顺利通行，天黑，路难走，更让人担心的是怕车里的汽油用完了，路上遇到几个加油站都没有97号汽油可加，茫茫戈壁，漆黑一片，没有路标，没有驿站，车子一个劲地跑着，感觉很漫长，10点多钟，终于看到了灯光，到了酒泉航天城加油站，心里总算踏实了。

在这里加满97号油，路难走，再也不敢赶夜路了，很多结伴旅游的私驾车，都在戈壁滩上搭起了帐篷，有一个河南的车队十几辆车，在加油站旁搭建起了帐篷，他们准备的很丰富，有的带着电磁炉开始炒菜，有的带着燃气炉、电饭锅、煮起了面条，野炊安排的花样多多，我们的车也支起了帐篷，吃了方便面后，就开始在帐篷里当起了"团长"，天很冷，夜难熬。

天终于亮了，游客在航天城排起了长队，东风航天城这个闻名已久的地方，近年来给中国人长了志气，是中国人引以自豪的地方，我国第一个人造卫星"东方红"从这里升起，中国人千百年的飞天图腾圆梦于此，"神七"、"神十"、"两弹一星"和载人航天都从这神奇的地方升起，到此一游，是一件圆梦的旅途，高耸雄伟的发射塔，让人震撼，问天阁、安装基地就是上天的路，航天城给人们插上了理想的翅膀。

走进东风航天城，这里与一般的城市没有多大的差异，这里绿化的很美，行走在这里的街道上，如同走在一个现代化城市，这里的宾馆和街道取名都很有特色，有太空路、宇宙路、胡杨路、黑河路等等。

来到问天阁，游客纷纷在宇航员出征前的玻璃罩里留影拍照，参观杨利伟等宇航员生活过的房间。

五、长城西端嘉峪关

10月4日天黑前到嘉峪关住下，5日早游嘉峪关关城。

一大早，我们就早早排队买门票，第一批进入关城，大门口的墙壁上赫然写着"天下第一雄关—嘉峪关。"这就是我仰慕已久的嘉峪关，我们随着导游的讲解，游遍了关城。

嘉峪关位于甘肃省嘉峪关市西5公里，是丝绸之路的必经之地，也是明代万里长城的西端起点，是历代长城诸多雄关隘

口中最完整的一座古关要隘。因建于祁连山下的文殊山与黑山之间的嘉峪塬上而得名，关城楼层叠嶂，飞檐凌空，巍峨雄伟，气势壮观，关城两翼，坚固的长城爬山越岭，蜿蜒逶迤，峰墩众多，布局合理，形成了一个壁垒森严的军事防御体系。

嘉峪关关城由内城、外城、城壕三道防线重叠并守，壁垒森严，关城以内城为主，周长640米，城高10.7米，用黄土夯筑而成，内城开东西两门，东为"光化门"意为紫气东来，西为"柔远门"意为以怀柔而致远，安定西陲。门台上建有三层歇山顶式建筑，东西门各有一个瓮城，城墙上有箭楼、敌楼、角楼、阁楼、闸门楼等，城内有将军府、文昌阁等。嘉峪关关城整个建筑严密精巧，气势雄宏。

登上关城远眺，祁连山白雪皑皑，连绵不断，嘉峪关雄峙边塞，长城似龙浮动，于浩瀚戈壁和群山之间，若断若续，忽隐忽现，大漠风光，尽收眼底。万里长城虽长，但最精彩的就

是东起"山海关"西至"嘉峪关",中间最雄伟壮观的是河北的八达岭长城,我总算了却了看长城的心愿,万里长城,世界八大奇观之一,我终于领略了它最壮观的地方,我感叹着在古代生产力极差的情况下,修筑这浩大的防御工程需要付出多少劳动人民的智慧和心血啊,看着这雄伟的嘉峪关,我似乎看见过去千万万苦役的辛酸血泪。

导游介绍了关城的建筑,也介绍了很多民间传说,城墙根下的一个大顽石叫燕鸣石。说是城门楼上的一对燕子,早晨同飞到外边寻食,晚上回来时,遇到狂风,雄燕回来迟了,城门关了,雄燕子一头撞死在城门上,雌燕子就变成了石头,发出"啾啾"的声音,导游让大家用小石头敲击,居然有游客说,哦,我听到了燕子的叫声。还有关城内的一块砖,传说是设计这关城的人,精心设计的工料不多不少,只剩下这一块砖作为镇关之宝。

导游一直带我们出了关城门，出城时劝大家花 15 元办一个过关的公文，相当于现在的护照，她说："办了出关护照，就等于你出了国，古代的张骞、霍去病、班超、玄奘、马可波罗、林则徐、左宗棠等历史名人都是在这里办的进出关公文，从这个门洞里走出去的。"看着城门洞古老的城墙，门洞地上磨损的石头路面，我相信这是真的，民谣说："出了嘉峪关，眼泪擦不干。"说明这无疑是一条古老之路，沧桑之路啊！我站在古人肯定站过的地方，想了很多。

游完了嘉峪关关城，又游了嘉峪关长城第一墩，墩台建在长城尽头，讨赖河北岸 80 米的悬壁上，这里有地下谷，观景台，索道，古兵营等景点。悬壁长城在关城北 6 公里处，直到黑山顶，远远看去城墙如悬挂在山间，被称为"西部八达岭"。

六、到武威

10 月 5 日早游玩嘉峪关后，下午驱车赶往武威，武威位于河西走廊最东端，自古为丝绸之路重镇，唐初的大凉曾在此建都，西汉建立武威郡，又名"凉州"武威出土了东汉的铜马"马踏飞燕"，现在成了中国旅游的标志。上了高速公路，限速跑不了太快，一路上担心油不够，经过了三个加油站等了很长时间排队到跟前，却没有 97 号油，耽误了时间，只好一边担心油不够，一边摸黑赶路，高速公路设施不好，特别是公路中间的隔离带不遮光，对面来车，灯光特别刺眼，这一段路是最难走的，让人担心。晚 10 点快到武威了才加上 97 号油，心里才踏实了。

10 月 6 日早晨，在武威找到了多年失去联系的亲戚，带我们游了武威的文庙、雷台等古建筑。武威文庙位于武威东南城边，建于明正统二至四年（1437—1439）其规模壮观，由文昌宫、孔庙、儒学院三部分组成，文庙是河西走廊最大的博物馆，有唐雕塑、汉简、西夏碑、藏经、明清陶器、牌匾书法，孔庙最大的大成殿，敬奉着孔子的神位，大成殿外挂满了各种牌匾，这里的大成殿和山东孔府的大成殿是一样的壮观，一样的格局，庙正堂敬奉的是孔子，两侧是古代文化名人的雕塑像，庙内陈列着历代碑刻，各体书法，让人大开眼界。

武威的西夏博物馆是中国第一座以西夏皇家陵园为背景，真实形象地展示了西夏王国兴衰历史的博物馆，展示了西夏艺术的精华，从中可以领略到西夏王国往日的辉煌和灿烂。

武威有很多文物古迹，有名的皇娘娘台新石器文化遗址，唐大云寺铜钟、海藏寺、罗什塔、文庙、钟楼、雷台及大量的碑刻等，武威是西部有名的文化古都，值得一游。

七、在天祝藏族自治县

10月6日中午在亲戚的陪同下，在武威吃了当地特色面条叫"三道车"一盘凉肉，一杯茶、一碗染面。中午3点离开武威，了却了到武威寻亲访古的心愿，上了高速公路，经过古浪到天祝藏族自治县城，路边的广告牌上写着"丝绸藏乡，天堂天祝"，给人增加了游天祝的信心，这里的藏区有很多民族特色和风景区，最有名的是石门沟，到了天祝县城，顾不上休息，直达石门沟，沿途深秋的山林一片橙黄，甚是美观，这里群山环抱，峰峦叠嶂，郁郁葱葱的苍茫林海，终年积雪的雪山冰川和碧草如茵的广阔草原，沿途看到珍贵的白色牦牛，这是天祝藏族的

特产。

　　沿着山路一直往里走，道路越走越窄，太阳下山了，我们不敢再往里走了，当地人介绍说，最美的风景还要往山里走，时间关系，我们只好返回天祝县城在宾馆住下后，这才细心的观看藏族县城有什么不同，这里的人着装和我们一样，他们说只有在节庆的时候，藏民才穿上他们的民族服装，这里的建筑和我们那边一样，县城的高楼大厦，机关办公楼也是一样的，不同的是他们的建筑总有些和我们那里不同的特色，如窗户是上小下大，墙外有彩绘的线条和装饰图案。

　　第二天也就是 10 月 7 日早晨，我们就驱车离开了天祝向景泰方向进发，这次没有上高速而是走的乡间道路，这样，不仅可以少走多少远路，还可以更好的观察藏族的民宅和广阔的草原，一路上人烟稀少，望不到边的草原上偶尔有羊群和收割后的青稞，沿途没有山，只有缓慢蜿蜒起伏的山丘，风景很美，在这广袤的草原上飞奔，天宽地广，感觉很美，走完了天祝的藏区，踏上了景泰到中卫的省级公路，好像天际不再遥远，路也很好走，看着中卫、银川的路牌，一种到家的感觉很亲切，回家的路很畅通，多日来行驶在荒无人烟的戈壁滩上，一下子回到银川，看到人口稠密，到处是高楼大厦，又回到我平时司空见惯了的地方，我仍回想遥远的地方，那无际的空间，一览无余的地平线，怎么跑四周都是地平线的旷野，那份舒展、那份惬意，还有那美丽的胡杨林，丝绸之路的雄关漫道，感受那历史的沉淀，时代的变迁。

　　国庆 7 日游结束了，行程 2668 公里，给我留下了美好的记忆。

八、旅游归来的思考

国庆7天长假结束了，完成了多年想去胡杨林的愿望，坐在我宽敞宁静的书房，再一次从地图上看我走过的旅游线路，感受颇深，写完了以上的游记，只是对我所见所闻的记录，而此行可以概括为："感受生命的顽强，寻觅战争的迹痕。体验内蒙古大漠的空旷和遥远"。

美丽的胡杨林不仅显示了它形状的多姿多彩，深秋色彩的艳丽，更展示了它在沙漠中顽强的生命力，特别是怪树林那千姿百态悲壮的枯树，像一具具质问苍天的"陈尸"，渗透着狰狞恐怖，不屈不挠的气概，在那么恶劣的环境下仍然枝繁叶茂，有的树倒下了，又长了起来，很多树的形状，如同战死沙场的战士临死前的悲壮定格了历史，令人毛骨悚然。

怪树林给人一幅战争的联想，而沉寂的是黑城，那是一个真实的战争迹遗，看着这历史封尘的残垣断壁，似乎能看到战争的刀光剑影和殊死的拼杀。

沿途所有的景点，都是战争的痕迹，防御的屏障，从古代的嘉峪关、长城第一墩、黑城，到现代的酒泉航天发射基地，无不是战争的烙印，站在嘉峪关关城的城墙上，看着这雄伟的建筑，人们把它赞誉为人类的文明，可我却一直在考问着这万里长城东自山海关，西到嘉峪关，除了它的雄伟壮观，给文人留下吟诗作画，闲人观光游览还能有什么功能？我站在这雄伟的关城上，想的是建造长城时工匠们的艰辛和血泪，还有孟姜女哭长城的凄惨，仅仅用高墙雄关就能抵御烈强的侵略吗？万里长城在它建造的年代里，就没有能挡住忽必烈，成吉思汗的

滚滚铁蹄，也没有挡住爱新觉罗满清的统治，万里长城对于现代的战争更是不堪一击。

在嘉峪关关城我看了一份记载：建关以来，屡有战事，明正德年间1515—1522年吐鲁番满速尔兵数犯河西，两次破关城，并掠夺了附近民众的牛羊……。而酒泉航天基地没有高大的围墙，它从这里可以打到全世界的任何一个地方，它的进攻和防御，比起长城就像钢枪和豆腐，没有可比性。

一路走来，给人最大的联想还是战争，就连美丽的胡杨林都蒙上了战争的阴影，人类发展史，就是一部战争史，看古关城就是看战争的痕迹。

这次旅游还让我感受了内蒙古大漠的空旷和遥远。从阿拉善左旗到额济纳旗700多公里的路上，没有人烟，没有视线的遮挡，四周都是望不到边的视平线，车行几百公里见不到一个行人，有的地方连一根草，一个鸟都没有的沉寂，这个景象除了北方的大漠，南方任何地方都没有这样广阔畅快的感觉。车子在这荒漠上飞驰，偶尔跑180公里时速都不感觉到快，那种感觉真好。

第二辑

寻美生活

寂静的芬芳

拖着疲惫的身子回到温馨的家里，回到我宽敞宁静的书房。刚才单位里的烦恼，生意场上的狡诈，人事之间的诡谲，行路上的危险还在困绕着我，现在却一下子风平浪静，宁静洒脱了。

喝一杯清茶，我像一个陌生人一样环视我这宽敞明亮的家。看着书架上一个个艺术大师的作品，我这小小的书房就是一个浩瀚的世界，无限的时空，我的眼前，豁然开朗，如站在高山之巅，大海之滨那样坦荡舒畅，外界一切的烦恼立刻烟消云散。

我的书房是我宁静的港湾。书架上有很多中外艺术大师的著作。在我的书房里，挂着名人的字画。我的书房北边靠门的地方是一个高大的书架。客厅南边 7 米长的阳台是一排敞亮的落地窗子，直对着外边宽广的广场，使整个屋子显得宽敞明亮。东西两面墙上是我自己创作的书法绘画。案头是我自画的一幅素描肖像，这幅画记录着我青少年时代的迷茫与追求。另一幅是我在海南岛三亚拍的一幅大照片，似乎能听到南国的涛声依旧。我的书房是我的世界，不愿任何人介入打扰。在这里唯我独尊，孤芳自赏。在这里可以任意的想象、写作、绘画，把我的嬉笑怒骂，哀怨不平倾注于笔端，诉说给自己。

来来往往的交际，证明了我的无能，我的失败。我烦透了外边的喧嚣。我把自己关在这书房里为自己抚平创伤，为自己

寻找宽慰。

我的书房里挂着一幅中国地图和世界地图。晚上闲来无事我坐在书房里看着地图，听客厅电视里报道着国外的战事和国内的天气预报。对着我在海南岛三亚的照片，回想那遥远的南国风光，令人心驰神往。

生活是现实的。为了柴米油盐，我还得卷入外边的喧嚣世界。在我的交往中，亲情淡淡，朋友寥寥，我小心地对待上司同行，亲戚朋友，左邻右舍，我付出真诚，得到的却往往是失望与叹息，困惑和不解。外边芸芸众生，熙熙攘攘。到哪里都没有我的书房这样轻松，自由自在。

走进我的书房，一切不再复杂，世界忽然阳光灿烂。那一个个大师智慧的结晶，能为我指点迷津：罗丹告诉我如何学会发现美；朱自清用《背影》告诉我人世间可贵的亲情；对贫苦百姓的同情，对恶势力的揭露和谴责，鲁迅的笔比谁都犀利、尖刻；一部《三国演义》岁月留不住英雄和枭雄的刀光剑影，远去了历史的鼓角争鸣；秀才造反，三年不成，农民起义一次次惨遭失败，唯有毛泽东道出了革命胜利的真谛："枪杆子里面出政权"。司马迁作《史记》，奥斯托洛夫斯基作《钢铁是怎样炼成的》，给人们树立了在逆境中奋斗的榜样。现实中溜官害民的小人形象，契珂夫早就在《变色龙》中就淋漓尽致地表现过。现代的官场和李伯元的《官场现形记》有什么两样？

走进中外大师的作品就会发现，现代人的情感生活和几百年前没有什么两样，任何人的伎俩都不过是前人早就玩过的猫腻，唯有因特网、艾滋病、克隆人是从辞海中查不到的，其他一切都已见怪不怪了。一切都能从先哲大师们的作品中找到答案。

　　最让我兴奋的是我的书房新添置了多媒体电脑，外边的世界离我更近了。有了书和电脑，我更爱我的书房了，我更不愿意涉足户外了，外边的喧嚣和人情世故让我难以适从，诚惶诚恐。

　　凝静中我的目光落在了唐代诗人刘禹锡的一首脍炙人口、流传千年的《陋室铭》上，让我心情豁然开朗。刘禹锡在他失意时，没有因挫折而颓废，他身居陋室，依然乐观坦然，大气磅礴，有"斯是陋室，惟吾德馨"的从容和适然。

　　《陋室铭》通过对居室、交往人物情趣的描绘形容陋室不陋，表现了作者不与世俗同流合污，洁身自好，不慕名利的生活态度，表达了作者高洁傲岸的节操，流露出作者安贫乐道的隐逸情趣。《陋室铭》给我们的启示是无论面对任何艰难险阻，我们都要以乐观向上的人生态度，努力做一个人格的胜利者，一个生活的强者。

现在年关将至，朔风呼啸，大街上人们匆忙地打着招呼，疯狂购买着年货。过年让人惶惶不可终日，我独自在我的书房陋室里看书写字，心中十分地平静坦荡，默默地感受着寂静的芬芳。

客厅的音响正播放着腾格尔真情的呐喊："我爱你，我的家，我的家，我的天堂……"这也是我的心声。我被腾格尔的歌声醉了，也为我温馨的家自豪！

雨天的况味

　　一个个晴朗的日子如潺潺流水，平静地流过岁月的长河，消失得无影无踪，而无数个下雨的日子却在我心中留下过深沉的记忆和强烈的震颤，使我感情奔涌，引我深思，催我奋进。我爱雨天，无论是细雨蒙蒙，还是大雨倾盆，无论是霪雨霏霏，还是须臾阵雨，都给人们的生活注入了一种活力。

　　一个个雨天常使我走进记忆的深处：小时候，每逢下雨，我就和小朋友们冒雨"兴修水利"，顺着城墙的水沟做小水车、水磨。至今在我记忆中仍有儿时那种充满幻想的小水车。老家秋季多雨，常常阴雨绵绵，有时断断续续地下一两个月都不见太阳。村里的危房下倒了。我家的房子也是外头大下，屋里小下。屋里支了很多盆盆罐罐接漏水。母亲就念叨着这房子该翻修了。经过多次风雨侵袭，我家的房子终于翻修了。我常感谢那场大雨才使我父亲下了翻建房子的决心。我对房子的梦最早也是在那场大雨中产生的。在农村连着下十天半个月的连阴雨，最能使人感受到日月的艰难。住房、行路、烧柴，一切都变得不容易，人才能变得更加勤奋。

　　有一年秋天下大雨，渭河的水猛涨，漫过河堤，淹没了一片庄稼和瓜田。平时孩子们偷瓜若被抓住了免不了挨一顿打，还得扣大人的工分。可当大水淹了瓜田后，队长扯着嗓子喊："谁

捞上算谁的。"我那时表现得非常的勇敢和兴奋。雨水涝河里的水就大。渭河的水一次次的吞食土地和庄稼,因而也塑造了一个个少年的梦想。公社成立了防洪指挥部,组织人们改造渭河治理沙滩。我中学毕业后也成了防洪治河的一个民工,每天天不亮就拉上架子车到四五十里外的秦岭山向渭河边拉石头。苦役般的劳动,从来都没有个休息日,一年之中只有过年时最多休息十天,其他时间都是无休止劳动,唯有下雨的日子是老天赐给的休息日。雨天不能出工干活,民工们才能休息。那时候我很疲惫,真恨不能昏睡三天三夜。也只有那个时候我才有时间读书,听民工讲三国,讲人世间种种轶闻趣事。那时候我最大的享受就是躺在工棚里看书。

一个下雨的日子,我受别人的影响对绘画产生了兴趣,后来才走上了学画画的道路。我永远感谢那个雨天带给我学画画的机遇。也是那一个个雨天,才使我有时间读书学画,产生种种幻想,改变了我后来的命运,所以我说雨天是庄户人的驿站,是雨天的休息才改变了我的人生道路。现在我远离了那种苦役般的劳动环境,不光一年有寒暑假的长休,还有每周两天短休。国庆、元旦、中秋节、教师节等节日都有充分的休息时间。然而下雨天烙在我心灵上的烙印根深蒂固,不褪的农民本色,仍使我对下雨的日子情有独钟。这是历史留下的感觉,我不仅喜欢下雨天还喜欢停电,因为只有下雨天和停电我才能心安理得地休息,才能有时间做我想做的事情,才能产生无尽的遐想。

在一个久旱无雨的日子,禾苗卷曲,田野干涸。庄稼眼看要绝收,天气像蒸笼一样的闷热。一切生命盼水的时候,人们谈论的就是天怎么不下雨。一旦下一场透雨,人们会欣喜若狂,一切生命的东西忽然焕发了青春的活力。雨水打在久旱的庄稼上，滋润着万物时农民站在田里任雨水浇淋。听雨打在庄稼上的叭叭声，和庄稼吮吸雨水的滋滋声，心中如同灌了蜜一样的甜蜜滋润。尘埃中一切污染都被荡涤得一干二净。有了阴霾，才能感受到晴朗的明媚，久旱无雨才能体会到雨水的可贵，古老的历史上发生过多少求雨的故事，表现了人们对雨水的渴望。

让我们热爱一个个雨天吧！它是人们生活中一个强劲的音符。我讴歌一个个晴朗的日子，更讴歌一个个雨季给万物生命的浇灌与滋润。久旱逢好雨，人们奔走相告："下雨啦！下雨啦！"闷热的天气带给人烦躁的心情被一阵好雨滋润得心旷神怡，快要旱死的庄稼经过一场好雨忽然变得葱嫩油绿。种子一下子破土而出，含苞忽然怒放。啊！山河清晰，江山俊美，这万千气象，生机勃勃的美丽自然，不正是靠雨水的滋润吗？

那年夏天南方地区因为暴雨引起大洪，对人们生命和财产是一次无情的摧残和巨大的侵袭，也是对人类的示威和震撼，涌现了多少可歌可泣的动人故事。这场大洪唤起了亿万中国人的巨大凝聚力，不也引起了人们对改造大自然保护生态平衡的深思吗？

所以，我说雨天是一个催人奋发的兴奋剂，让我们热爱一个个雨季吧。珍爱这雨天的遐想。

小院情趣

我生在农村，长在农村，但我向往着做个城里人。二十岁时终于如愿以偿，由农民变成了市民。

在过了 20 年的城里人的生活后却又常常眷恋着农村人的洒脱、清静。在乡村，即使是噪杂的声音也是出自宁静中的纯音，寂静的夜晚更是万籁俱寂，而城里永远处于一种混混沌沌嗡嗡作响的喧嚣声中，任何一种好声音都会被种种繁杂的噪音淹没，夜晚更不可能有一种鸡不鸣、狗不吠的宁静。特别是鸽子窝一样的楼房总给人一种窒息感，邻里之间近在咫尺，门却总是关得严严实实。结实的防盗门、警惕的猫儿眼如同对门这家就是一个金库，你在跟前无形中有一种被嫌疑的感觉，只好"敬而远之"。

我一家三口人以前住在三楼的二室一厅的房子，在这座小城里这样的住房也算不小了，可我每次回家总先要跑到阳台上透口气，上楼后懒得下去，下去了感觉天气冷，宁可挨冻也不想再上楼加件衣服。我非常喜欢农村家庭宽大的小院，院门白天总是敞开着的，吃饭的时候人们捧着大海碗，蹲在院门口边吃饭，边聊天。上千口人的村子谁家的孩子过岁，老人做寿，婚丧嫁娶，大事小事人人皆知。谁家过事大家都去凑热闹。谁家有困难大家都帮助，而城里人同在一楼住，老死不来往。

住在楼上，我想要有一个小院的家。后来终于从楼房搬到一个有院子的两间平房，一个10米长的院子，给我带来了很多建设的计划，院子前边盖了5米宽的伙房和卫生间，还有35个平米的院子，成了我在家每天活动最多的地方。早晨起来在小院转悠，思谋着在院子的这里种什么，那里种什么。早起在院子做操，失眠时在院子看天。冬天一场大雪未停，我就拿着扫帚把院子扫得干干净净，如有兴趣就和儿子一块堆雪人；春天，地刚解冻我就思谋着种植各种花草；夏天和秋天的小院是一个最繁忙、最热闹的季节，红的花；绿的草，青藤爬上了伙房，把小院装饰得一派生机。每天早晨起来，首先伺弄我种植的各种花草，到了晚上一家人在院子乘凉赏月。微风吹拂着叶子沙沙作响，月光下花影婆婆，给宁静的夜晚增添了活力和情趣，吸一口清凉的空气，沁人心脾。

今年我在院子里只种了美人蕉和葵花，其余都种上了玉米。家里来人都说应该种花，不该种玉米。的确，在花卉的园圃里，玉米实在是榜上无名，不能登大雅之堂。然而，我却非常钟情于玉米，一滴水可以反映出太阳的光芒，玉米是一种大田农作物，一棵玉米就足以使我联想到家乡那万顷青纱帐般的玉米田。我是吃玉米糁子长大的，小院的玉米常使我忆起种植玉米各个环节的种种劳作。特别是三伏天，顶着烈日在玉米田里上肥料，在渭河湾里吼秦腔，那份旷达、那份坦荡，那才是真正清静的农村，广阔的天地，天高地宽，空气清新。

今年中秋节，家里来客人，桌子上摆满了各种水果，都未被品尝，唯有小院种的嫩玉米被一扫而光。客人问这个季节哪来的嫩玉米？我说这是我小院的收获，大家赞叹不已。

　　我爱这情趣盎然的小院，还有一个原因，就是小院里养的小狗"迈克"。每次我下班回家，它都老远地迎上来和我亲热地打招呼，使我的小院永不寂寞。

　　小院的后边是农贸市场，周围除了上班族就是各种生意人，他们的生活各有各的不同，而共同的一点就是每个人都像蜜蜂一样匆忙的经营着他们的营生。天还未亮小院后边的农贸市场就有了小商小贩的活动声。每逢集日，更是热闹而繁忙。我闲来无事细心观察这些忙碌的人们做着种种交易的千姿百态，种种伎俩，付价还价，尔虞我诈，可笑而伤感。社会的发展，贫富的差别，富人得财容易，可一掷千金，穷人辛勤劳动，维持温饱。人活在世上，各人寻找着自己的生存方式，每当我愤世妒事，牢骚将生时，看着他们汗渍斑斑，行色匆匆，脚踏实地苦干的精神，平平淡淡的清苦，和心安理得的心境，我便得到一丝安慰和满足，我就把我的小院比作桃花源般的惬意，而心平气和。

　　这就是我的小院，这就是我对小院的情愫，现在我又要搬家了，将要搬到比以前更高一层的四楼三室两厅的楼房了。距地面高度十二米，台阶50级。将没有了小院，无法养花，中秋节再也吃不到我自己在小院种的一天天看着长成的嫩玉米。小狗"迈克"也养不成了，当然也就没有了小院的情趣，然而，我在小院住过的四个风雨春秋和小院的情趣却给我留下了难忘的记忆。

在学画画的道路上

32 年前，我背着从陕西渭河防洪工地背出来的铺盖卷来到宁夏的建筑工地干苦力活，每天挣 1.95 元，一边干活，一边学画画，苦不堪言。经过两年的努力，考上了银川师专美术专业，成了农转非，从此走上了学画画的道路，由当初的为求个饭碗，到对艺术的梦想，让我满怀憧憬，然而，生活的鞭子催我面对现实，疲于奔命。忙活了几十年，现在年过半百，艺术对我仍十分遥远，我仍然在茫然的做着画家梦。学画画给我最大的实惠就是成了农转非，不再是民工了。我还是非常幸运的。

大学毕业后，我做了 23 年中学美术教师，忙忙碌碌，却平平淡淡，只见劳作，不见收获，唯一难忘的是做教师 23 年除了上班上课教学生画画，完成学校的正常工作外，每个寒暑假、双休日我都不休息，连续 22 年办课外美术班，教学生画画，几乎占用了我所有的休息时间，我把最旺盛的精力都用在了教学生上，学生教了一批又一批，我就在这些忙碌中日渐老去，自己没有多大收获，没有画多少好画，想想我办课外美术班 22 年的辛苦和艰难，有些心酸，我这辈子的主要精力都用在这里，但作为美术教师这种执著于学生是有益的，精神是可贵的。这是我能做的一件实实在在的事情，作为教师，我应该是成功的，切当给自己一个安慰吧！

回想我走过的路，除了教学生画画，就是做一些实用美术

的事情，过去我给很多地方画了很多广告招牌，现在这些都让电脑代替了，后来每到春节我都忙着做彩车、做花灯，我把美术没有用到纯艺术上，却用实用美术搞了装潢，美化了社会环境，给我们的生活创造了美，主观为自己，客观为别人，于社会是有益的，也使我过温饱，奔小康，这也是我学美术做的另外一件实用美术的事情，是我化平庸为有用的作为。想想这些对我又是一个安慰。

现在，我从学校调到文化馆，青年时代的热情没有了，不再是上班下班的教学生了，也不再为画广告、搞装潢忙碌了，平心静气的坐下来画自己的画，其乐无穷。画了几十年才感到画画的惬意和乐趣，没有了功利感，没有了生活的压力，不去追逐名利，不在乎别人说什么，想怎么画就怎么画，想怎么写就怎么写，自己乐滋就行。热情对未来，冷眼待评说。对自己走过的路是肯定的、无悔的。以后我还要谦和做人，踏实做事，在人生的道路上以画为乐，以画为荣，不断学习，谨慎努力，不骄不躁。想想我从32年前背着铺盖卷出门打工的懵懂青年到现在熬成了一个半截子老汉，熬成一个高级职称的文化人，"前途是光明的，道路是曲折的"这句老话依然在鼓励着我。一路走来，其经历可歌可泣，可喜可贺，人生苦短，此已足矣！

这些画作每一幅都是我生活中的一个音符，都有一段记忆，使我难忘，现在我把这些画作整理成册，也是对我前半生学画画的一个回忆和总结，幸喜！欣慰。

在这个集子里还收录了我制作的彩车花灯的造型，这也是我作品中重要的部分，是实用美术在生活中的应用，属于工艺美术的范畴，也是我搞美术一个踏实的脚印和最大的实惠。

艺海无涯，百舸争流，我想只要不虚度光阴，做着就好。

画室恋歌

春节前的日子，到处一片喧嚣，人头攒动，鞭炮声此起彼伏，人们疯狂地购买着过年的用品，匆忙地扫尘灰，收拾屋子，急切地要账，慌张地请来送去。快过年了，给人一种大限将到的惶恐，满街的人流，熙熙攘攘，压得人喘不过气来。

清晨，由于是星期天，也因为昨晚突降大雪，大街上行人很少，显得十分的清新、宁静，突然没有了鞭炮声，没有了各种叫卖的嘈杂声。雪后的贺兰是一个多么美丽的小城。乘着这种心情，踏着厚厚的积雪，我来到文化馆五楼的新苑画室。

这里是这座县城的制高点，环视着宽敞明亮的画室，极目雪后的贺兰县城，银装素裹，分外妖娆。旭日把雪后的街道、建筑映照得无比洁净、明亮，冷暖分明，明暗清晰。

远眺贺兰山麓，白雪皑皑，像一条玉带把美丽的银川平原呵护在她宽广的胸怀，此情此景让我激动不已。

然而更让我兴奋和自豪的还是我这宽敞明亮的画室。看着画室墙上学生们的照片和他们的习作，看着画台上的静物道具、石膏像模型和画架上学生们未完成的画，使我浮想联翩，感情奔涌。我常常为我的一事无成沮丧，但此时此刻，我仿佛才找到我的价值和我的立足点。作为美术教师，这里才真切的是我事业所在，我的港湾和归宿。

大学毕业后，工作之余我就利用课外时间办美术班。几十年来，每个寒暑假，节假日我都不间断地办美术班。无数个休息日，我都投入地教学生画画。

有一年寒假办班，教了30多个学生，整整一个月的时间，一直上到大年三十下午结束，我才匆匆地操办年货。除夕之夜到处一片鞭炮声，我骑着自行车从银川办年货，回到我一个人的家。

课外办班是我教书生涯的一块"自留地"。几十年来，我牺牲了无数个节假日，不厌其烦地教学生画画，什么困难我都不怕。但最让我烦心的就是没有个固定学画的地方。我办班辛苦，有微博的收入，因而总有人刁难、阻挠，甚至说三道四。现在我之所以为之激动，是因为有了一个固定的画室，再也不受别人的限制，排挤，我可以自由自在地在这里活动了。

看着这个像模像样的画室，我感到十分的惬意和满足。我上大学那是一个美妙的年华，梦幻般的时代，大学的画室培养了我，我永远怀念那个让我充满幻想的画室，画室里的老师和同学，他们是我的良师益友。大学毕业后，再也没有那样的环境了。现在我又有了一个画室，只是没有了我当年上大学时的单纯和幻想。平静的面对现实，面对纷杂的社会、家庭和一大堆杂事。这里是我的一个港湾。工作之余，疲劳之后，我可以在这里得到一阵小憩；心烦失望之时，我的画室可以让我重温青年时代的热情和幻想。在这里我可以和大师对话，寻求美的真谛，以艺术为知音，倾诉我对美的理解，对生活的感受，忘却外界的烦恼。有时候我一个人在画室任意地写作、画画、想象，有时候几天都不愿意下楼。只要我一投入到画室，外界的一切烦恼纷争都觉得索然无味。这里才是我的天地，这里没有

勾心斗角，尔虞我诈，只有学习求索，只有学生对我的尊重。这些学生都活泼可爱，我对他们有无限的爱意，无须任何防范，对于我这个一无是处的人来说还希冀什么呢？

漫漫长夜，漫漫寒暑假，对于我这个不玩麻将，无其他嗜好的人来说，还能有什么地方比这里更好的去处呢？

有人说作为男人应首选当官、发财、做学问。如果按这样的标准，我是个失败者，三件大事都与我无缘。但作为一个普通的教师，我应该知足，天生我才应该这样，也只能这样。因为我始终以一个教师的天职和品行不懈地要求自己，并且尽力了。

看着画室墙上学生的画作和照片，一丝安慰涌上心头，一张张可爱的笑脸，对我投来尊敬的虔诚、希望与满意的笑容。小家伙个个都聪明伶俐，对绘画的感觉极好，有的孩子的父母亲曾是这个美术班的学员，他们的孩子现在又成了我的学生。真是时光匆匆，事业依旧。在这里学过画的学生，有的考入了区内外的美术院校，有的在县、市、区和国家级的各类展览中获得过各种奖励，有的已成为美术教师，真是青出于蓝而胜于蓝。我还是我，这样平凡，这样执著地几十年，忙忙碌碌、平平淡淡。

我庆幸在这个喧嚣的小城里，在人们普遍浮躁惶恐的环境里，我还有这么安静的一个画室。还有这份心境在这里潜心学画，投入地给学生教画，面对现实的复杂，世态的炎凉，我已满怀疲惫，我终于找到了我的落脚点。

啊！我的画室！我的乐园！你是咽在我胸中、哽在我喉中永远的歌，你是我心灵中永远的圣地。

男人的责任

一个家庭最主要的成员是男人，绝大多数家庭的破裂，首先是男人的失职。一个男人治理不好一个家庭，事业搞得再大，也总是一种遗憾。一家之主的男人建设和维护好自己的家，是一生的义务和责任，守住自己的窝是起码的本能。

古人造字一个"男"字就规定了男人在田里出力气。由于男人的体力精力和责任感，形成了"男人主外"、"女人主内"的分工。男人主外，首先包括对外防范，保护家园。从原始社会起，晚上睡觉都是男人睡在靠门的地方。另外，男人主外还包括男人是创造家庭经济基础的主要力量，所以从古到今，人们都说"男人是个耙耙（朝家里扒财），女人是个匣匣"。就是说男人主外，要能把财耙（扒）回来，女人主内，也要能把财守住。家庭过日子，无论主外的抓财或主内的守财，男人都像一个单位的领导，搞好搞坏，领导都有不可推卸的责任。

在当今物欲横流，物质生活不断提高的时代，家庭建设尤为重要，男人的责任就更加重大。你贫穷就寸步难行，你贫穷就低人三分，老婆孩子也跟着寒酸。你穷一时，可以理解，你穷一世，就是有千条万条理由，都是你的失职。首先作为一家之主的男人为家里创造了什么？看着别人的妻子浑身珠光宝器，出入于大宾馆、饭店，坐飞机吃大菜、鲜花相伴、歌舞升平，

所到之处欢声笑语，众星捧月；"夫高的妻高"，而我们同样作为男人，自己没出息老婆孩子也跟着为温饱奔波，苦得面黄肌瘦，而"夫不高的妻不高"被人歧视，冷眼相待，我们作为男人的责任感到哪里去了？我们的自尊感哪里去了？同样是男人，女人嫁给我们就该这么倒霉？别人老婆孩子的荣耀那是因为别人男人的高贵而夫贵妻荣，咱们的老婆孩子寒酸，那是因为咱们的卑微。所以我想在家庭里，我们不要过多地责备嫌弃自己的糟糠之妻，拿出自己的良知和爱怜，呵护自己的老婆孩子，同情自己的家人。拿出男人的自尊感和责任感，建设好我们的家园，让我们的老婆孩子，因为我们的自尊和责任而扬眉吐气。

当今社会贫富的差别，消费的提高，有的女人耐不住寂寞、守不住清贫而红杏出墙了，那是因为我们没有尽到男人的责任，使女人张扬了水性扬花的弱点。如果我们做得让妻子满意，我们的防范措施得力，也许她就不会同床异梦。望子成龙是每一个男人的责任和愿望，作为男人我们给自己的儿女创造了什么？别人的孩子有好的工作，好的环境，条件优越，生活安逸，我们的孩子难道就因为我们的卑微而卑微吗？虽然我们为孩子也付出了许多许多，可孩子没有出息，作为家长纵有千条理由都是我们的不是。因为前人早就下了断语："子不教、父之过"。我们为孩子的成长，究竟做了哪些实际的努力？如果我们自己的地位显赫，经济富裕，那孩子的境况也一定不会太差。

当我们出入于高档宾馆酒楼，歌厅茶楼时，我们是否想到在家中望眼欲穿等候一家人同桌共餐粗茶淡饭的老婆孩子？当我们夜不归宿，赌光了那微薄的工资时，是否能想到家中老婆孩子等米下锅的窘迫？

　　这一切的一切，是否让我们想到了作为一个男人，作为一家之主的责任？我们是不是对家人付出了千般的呵护，万般的爱恋？只要我们尽力了，穷富并不重要，重要的还是一种责任感，一种相依为命的厮守，患难与共的情怀。

看 电 影

看电影是六十年代农村人生活中最快乐、最兴奋的事情。

过去农村还没有电灯的时候，为了省煤油，一到天黑如果不加班干活的时候就熄灯睡觉。农村人生活十分的平淡、枯燥。一到农闲，村子演一场电影，那就是天大的喜事，早几天人们就奔走相告，把亲戚叫来一块看电影，孩子们更是像过节一样的高兴，三五成群地跳着、喊着。生产队下午提前收工，让人们早早吃了晚饭看电影。还不到开演的时候，银幕前就坐满了人。周围的草垛上、树杈上也爬上了调皮的孩子，开演之前队长总要乘此机会讲一番话或者学习一段文件。

记忆中农村最美的是晚饭后庄子上飘着袅袅炊烟，天上一钩明月，微风习习，村子打麦场上放着电影，不花钱坐到草垛上或者树杈上看电影的那份感觉真好。一到农闲，周围四邻八村演电影，消息不胫而走，很快就家喻户晓，看电影最美的感觉是得知有电影的兴奋，然后是结伴去赶路的过程，大家互相相约，那种人和人的联系，是非常真挚、友好的乡情。天还不黑，大人小孩就相约着去看电影，看得最多的是《地道战》、《地雷战》，那年镇上演朝鲜影片《卖花姑娘》，一张电影票5毛钱，那是我第一次花钱买票看电影。《卖花姑娘》在镇上煤炭公司的大院里连着演了五晚上，每天晚上都是人山人海。如今几十年过去了，当年跑十几里路，花5毛钱看一场《卖花姑娘》的兴奋至今还记忆犹新。

七十年代末，我来到宁夏，城里和农村最明显的不同就是城里有电影院，有百货大楼。那时候这个县城最气派的标志、最高大的建筑就是电影院，也是这个县城最热闹、最集中的地方。那时候还没有电视，人们看戏、看电影、开大会都在这里。每逢这里放电影或者唱戏、开大会，电影院前面广场上就像集市一样热闹；卖瓜子的、卖吃喝的，排了几行，孩子跳、大人笑，一片喜气洋洋。一到电影票紧张，人们就千方百计地托关系、找门路弄票，有时候早几天就排队买票。

到了城里后，有了电影院，只要你有时间、有钱，经常都有电影。可对我来说为了考大学，我得拼命的学习，没有时间去看电影。那时候我每天晚上都在文化馆学画画，文化馆和电影院一墙之隔，坐在屋子里都能听见电影院放电影的声音，是那么诱人，文化馆和电影院的墙中间有缺砖的缝隙，很想看电影的时候我就从这个缝隙中看广场上的人三三两两去看电影的清闲，我是多么的眼红和嫉妒。我为了考学必须苦苦的奋斗，没有钱看电影，也没有时间去看电影，更没有人陪我看电影。那时候，我多么怀念在老家儿时那种无忧无虑、看电影不要钱、和小朋友结伴而行十里、八里去赶着看电影的乐趣呀！

在高考前那段困难的日子里，偶尔有人送来电影票一再劝我去看场电影。看完电影后，从电影院出来突然觉得回到了现实中。我要考学，这么浪费时间考不上学咋办。一种愧疚感使我心慌不安。心里发誓再不来看电影了，等我考上大学后，天天来看电影，把以前耽误的电影都补上。

后来我终于考上了大学，工作以后也很少看电影。家离电

影院很近，几乎天天都路过电影院，可还是几个月甚至半年都不去电影院看电影，不是没有钱，而是没有时间，没有心情。现在，电影院在城市建设中也被拆了，过去丰富多彩的文化活动没有了，再说家里也有了大电视能收几十个电视台的节目，晚上吃过饭后连楼都不想下，从此，电影和我们远离了。

前些日子，报纸上把一部电影炒作得神乎其神，于是就利用一个星期天，到银川的电影院去看电影，一问票价，一张80元，一张戏票500元，让我倒吸一口凉气。多年不看电影了，回想小时候看电影的快乐，常问自己当年怎么连一毛一张的电影票都买不起？奔波了这么多年，在人群中我还不算是穷人，现在仍然买不起一张电影票、一张戏票呀！即便是偶尔咬咬牙，买一张500元的戏票，坐在戏园里心里能踏实吗？小时候为一毛钱的电影票和我妈哭闹，现在自己成家立业了，仍然买不起戏票电影票又该怨谁呢？是不是该怨我自己呢？我不得而知。在电影院门口犹豫了一阵后，我对那被吹得神乎其神的电影，只能望而生畏，无心思再看。但回头从橱窗的玻璃上，一看自己西装革履的样子，大小也被人称为老板，如此窘迫和三十年前为花5毛钱看《卖花姑娘》有什么两样？于是狠狠心，掏出百元大钞，花80元买了一张电影票到了电影院。满以为我花了这么多钱，完全应该像个贵族一样的受人敬服，被人热情的招呼着，谁知门卫冷着脸子检了票，还恶声恶气地催我快点走。到了电影院，连位子都找不到，我心里狠狠地骂道，"真他妈的，80块钱就这？"一场电影散了我都不知道看了什么。

从电影院出来后，看着街上卖冰棍的、缝衣服的和商城那些精明匆忙的小商贩们，我心中又涌起一阵深深的叹息！我不明白社会发展到如此发达的今天，我怎么还怀念过去在农村看电影的快乐！奔波了这么多年，我怎么还买不起一张电影票，一张戏票呀！

岁月的祝愿

每天，伴着太阳的西落东升，我们迎接着一个个新的历程，每天是一个旧的结束，又是一个新的开始。每撕下一页日历都会在我心头引起强烈的震动。年怕中秋月怕半，一年年的光阴就在这一天天的日子里飞逝、消失……艰难的人生之旅，无情地撕去了一页页的日历。岁月的年轮，碾碎过一个个美好的梦幻。

孩提时代，我最渴望过年的日子，白面馍馍可以填充一年的饥饿；烟花爆竹，可以补偿一年的喜悦；节日休息，可以缓解一年的疲乏。我多么喜欢一年中过年的这一天呀！我不明白大人总说：“过年！过难！”为什么能有那么多的愁苦？那么多的感叹！时光伴着童谣，伴着艰难，伴着老师的教鞭，一天天飞逝而去，也告别了我苦难的童年。

青春是一个多么闪光的岁月，我在理想中生活，用幼稚编织着未来。光阴荏苒，年轮飞转，我带着一个空虚的脑袋，不容思索，就走完了中学时代，告别了那永远的青春年少！带着迷惘，带着梦幻，带着难言的无可奈何，在社会的大学里磨练，一次次对着失望长叹！啊！苦难的岁月，生活的船，你哪里是岸？哪里又是港湾呢？这时候我才感受到现实的严酷，也明白了父辈对于过年的感叹。尽管我一无所有，却有父辈留下的顽

强的精神，纯朴的品质，更有眼前这一页页未翻过的新的日历，无数的光阴。这就是我的财富，这就是我的希望，我凭自己健康的体魄，浅薄的知识和顽强的努力，终于迈进了真正的大学校门。我戴着闪光的校徽，依依不舍地度过了四年的春秋！

三十余年的光阴，弹指一挥间，一切梦幻，一切希望都已成为过去的事情。而今，现实给我的是一个普通教师的差使，我不恭维她，也不敢亵渎她，这是现实对我几十年追求的回报。我不知道这是薄情还是厚爱？有人曾设想要使这个职业成为人人都羡慕的工作。多少年过去了，依然如故，并无多少人羡慕，仍被人尊称为"蜡烛精神"，然而，我永远珍惜这份工作，并无多少夸夸其谈，豪言壮语，只是觉得这份工作对我来说，得来太不容易！她不是用一张普通的招工公文或者求人送礼换来的，这是我苦苦奋斗的结果，我感受过一个贫寒学生被歧视的滋味，所以，我当教师就要平等、尽力地教好每一个学生，努力做一个好教师。在商品经济的大潮中，多少同事下了海，成了富爷、富婆，我仍追求着"学高为师，身正为范"的境界，认真坚守我这心爱的、清贫的教师岗位，无怨无悔。

回首过去的岁月，浮想联翩，我为那走过的一个个艰难后怕，为一次次的失败痛惜，也为一次次的成功庆幸；为在风雨三十余年中父母兄长的哺育，亲戚朋友的提携感激；为在三十余年历程中的小人痛恨！

我永远怀念那已逝的岁月。虽然清苦，却有执著的追求。蓬蓬勃勃，风风火火，虽然没有辉煌的业绩，没有骄傲的记忆，却有一串串没有叹息的稳重的脚印。眼前依然是新的时空，新的太阳。我不羡慕升官发财，只热爱一个个新的生活，只乐意做一个平凡的教书先生，只希望在我的身后有无数青出于蓝胜

于蓝的骄子。

面对未来的岁月，面对这突飞猛进的社会，为了儿子的冰淇淋，为了妻子的美容霜，我才步履蹒跚，行色匆匆，去尽一个做父亲、做丈夫的责任；为了家父的健康，为了外父的长寿，我才东奔西走，疲于奔命，去尽一个做儿子、做女婿的孝心。为了左邻右舍，上司同行，我小心地对待每一天的光阴，太阳虽然每天都是新的，我却已是人到中年，多事之秋，每一页新的日历都是一首如火如荼的诗篇。

每天清晨，大街上如梭的人流急急忽忽，小孩赶着上学，大人忙着上班，真像打一个酝酿已久的大仗一样。熟人相见，也顾不上打一个招呼，赶紧奔赴自己的岗位。不一会儿，大街上显得一种潮汐过后的平静，所有的人都已各就各位。工人开动了机器，学生进入了课堂，办公的捧起了浓茶、拿起了报纸、点起了香烟，摆摊的小商小贩，也已不再为摊位争执，开始了一天的经营，人们就这样开始了一天的营生。白天各有各的不同，丰富的夜生活才真正显示了各阶层的不平等；有的人为了节约天黑就熄灯就寝，编织一个个小康梦；有的人一夜的花消超过了普通人几年的消费；有的人安分守己；有的人很不安生；有的人完成在白天无法完成的事情；红塔山、五粮液、人头马虽然高贵，却只有在特殊的时候发挥其特殊的效应。一天的结束，万家灯火，辉映着宇宙间多少无言的繁星，也映照着人间多少美好的作为、丑恶的勾当。

一天的光阴已近尾声，宇宙间的神灵在注视着芸芸众生，人们为了人间更美好，幻想到神，幻想到因果报应，人们希望善有善报，恶有恶报，希望以后的日子给那些坏人、给那些依靠权势吃人、欺人的官爷、地痞、流氓以惩罚。我也虔诚地为好人祈祷，为坏人诅咒！

又是一个灿烂的黎明，哦！新的日子，你来了，我赞美你，我热爱你，我全身心的拥抱你。每一天都是一个新的起点，新的希望，世界上还能有什么比能给人带来希望而神圣、而珍贵的呢？这希望可以使人产生昂扬斗志；这希望可以使人蓬勃向上；这希望可以使人忘却昨天的忧伤、昨天的失败、昨天的懊悔；这希望可以使人产生无穷无尽的寄托，无边无际的遐想。正是这希望伴着人们生息繁衍，岁月常新。不是吗？农民种地今年颗粒未收，可仍谋划着明年的耕作；工人做工这个月减产，下个月增产，什么事情人们都寄希望于未来的日子。

一对年过六旬的老夫妻在边远山区种植了满山遍野的核桃树，看着他们褴褛的衣服，破旧的房屋和岁月在他们面容上刻下的道道深皱浅纹，我憾慨地问："你们在这生活苦吗？这核桃树什么时候才能结果呢？"老人家乐呵呵地说："桃三年、杏四年，想吃核桃七八年，等到核桃丰收了我们就能过上好日子。"在这对老人身上，我看到人们对未来多么的富于希望，老人家在六十多年中有多少希望破灭了，如今已年暮沧桑，可仍在希望中生活，这是多么感人的希望之光啊！所以我说新的岁月给人新的希望，它催人奋发、催人向上，它是人们永远的精神支柱。

我赞美新的生活，更敬慕那些历经世事沧桑的白发老人，他们就是一部读不完的巨著宏论，人生别希翼什么丰功伟绩，生命的历程中能度过这漫长的岁月比什么都不容易呀！岁月的漫漫长河揭示了生命的可贵，事业的崇高，未来的无限，生活的艰辛。我赞美每一天的新生活，更讴歌那些珍惜每一寸光阴去创造，去奋斗的人们！

　　我们生活在这个美好的社会里，自古"人活七十古老稀"，已经不是什么稀罕了，在我们的周围百岁老人随处可见，愿人人都有更多、更美的岁月，在未来每一个日子里孩子向上，老人健康，愿人人都珍惜每一寸光阴，开创新的生活，拥抱新的希望。生命之树常青！

　　往者已可去，来者犹可追。我们的前面有无数未来的日子，愿我们的未来更加美好！

秦人、秦腔、秦韵

说起陕西，必然少不了秦腔，因为秦腔是陕西文化的一种最广泛、最独特的形式。陕西分陕北、陕南、关中三个大区，称之为三秦，而关中是陕西的中心，也是陕西人口密度最大、最富饶的八百里秦川。陕西是华夏文化的发祥地，从西周到晚唐有十三个朝代在陕西建都，皇陵遍布，至今仍有以此命名的地方，如杨陵、乾陵、茂陵等。

秦腔以关中为主，影响着全省和整个西北。在陕西，特别是在关中，几乎是家家爱秦腔，人人唱秦腔，所谓"八百里秦川尘土飞扬，三千万老陕乱吼秦腔"。上到九十九，下到刚会走，人人都开口。有的孩子从小在大人怀里，或者骑在大人的脖子上看秦腔，唱秦腔。小学的孩子不会背唐诗的有，不会哼几句秦腔的没有。孩子们从秦腔中学到了历史，学到了文化，学会了做人。

小时候在陕西上小学，音乐课老师就教唱秦腔样板戏。陕西真是一个孕育秦腔的肥沃土壤。我离开陕西多年了，最明晰最难忘的就是那质朴的家乡人一个个勤劳艰苦的身影和他们乐观、豁达的秦之声。那些父老乡亲三伏天在玉米田里上肥料，三九天在渭河湾里捞沙子时吼秦腔的情景，至今仍留在我的心中。生活中无论有多少磨难和辛酸，郁闷和不平都被那古老的

秦腔抚平和化解。唱一段秦腔既能使人解除疲劳，又能使人心旷神怡，真是快哉、美哉！

当时村村有业余秦腔剧团，公社县上有专业剧团，农闲时村村唱戏。每天晚上排戏的演员集中到大队的会议室，或者生产队的饲养室排练秦腔。一本戏总得排练十天半月的，排的排，看的看，一本戏到演出时演员会了，看戏的观众也会了。演出时，休想糊弄观众，八本样板戏人人都唱得滚瓜烂熟。

改革开放后，可以唱古装戏了。当时是刚开放的时代，一到农闲，哪个村子唱戏，周围十里八里的人步行去看戏。看到高潮时，人们开始拥挤着在台子下挤来挤去，维护秩序的常是被人称做"二杆子"的人用扫帚木棍一顿乱打。常常是这么疯狂的挤，疯狂的打，半个多小时都平息不下，甚至踏死人的事常有发生。

我的一个伙伴曾和我一同赶十多里路去看秦腔，在拥挤中被人打烂了头，回家的路上仍哼着秦腔，复习着晚上看的内容。现在我远离了那种环境，一个人坐在自己家的沙发上，舒适悠闲的看着秦腔名家演唱的录相带和光盘时，丝毫没有小时候在陕西赶十几里路，伸长脖子在人群中挤来挤去看秦腔时的美感和惬意。

秦人对秦腔的着迷简直到了不可思议的地步。随着交通和现代传媒的发达，各种民办的、官办的秦腔大赛每天都在三秦大地紧锣密鼓地进行着，而且越办越红火。有一个人的清唱、伴唱，还有百十个人的秦腔大合唱，前些年除了唱古装戏，还有新创作的现代戏，如《朝阳沟》、《洪湖赤卫队》、《盘石湾》、《西安事变》等。现在不知是写戏的不写了，还是看戏的不看那些有政治色彩的戏。现在就是那些唱了千百年的老古戏《秦香莲》、《周仁回府》、《游龟山》等等无非是帝王将相，才子佳人的荒唐故事，人们不厌其烦的把那些老古董唱来唱去，绝大多数的秦人对所唱的台词唱段都很熟，可又津津有味地投入地看，一代传一代。陕西电视台每周星期一晚有一个"秦之声"的秦腔专场，从晚八点唱到十二点。每到这个时候街上的行人都稀少了，两口子正吵架，眼看要打起来，老公公吼一声："秦腔都开咧，把他家的还吵呢？"这两口子如梦方醒般的散了场，像着了魔一样的静静地坐在电视机旁，一声不吭地看秦腔。一场戏完了，两口子气也消了。

在陕西谁家有红白喜事，都得唱秦腔或演电影。有钱的人请专业剧团唱大戏，没钱的人请当地的业余剧团，再不行的请当地的业余爱好者三五个人组成的自乐班，自拉自唱，唱完了每人吃十来八碗汤多面少的关中风味——汤汤面。好的时候主人家给每人十块八块的不嫌少。秦腔的演唱形式除了真人表演外，还有一种更经济更艺术的表演形式——牛皮影子和挑线木偶。它的特点是不需要很大的戏台和很多的演员，一两个人就能演一台戏。一个人手里同时挑几个皮影或木偶。过去农村没有电，用一个马灯、一块白布就可以演了。现在有了电，人们仍不能割舍古老而淳朴的牛皮影子和挑线木偶。

广袤粗犷的大西北自然环境造就了秦人的粗犷与豁达、真诚与实在，也孕育了秦腔的豪放与浑厚，古朴与粗犷。而南方的山清水秀，毛毛细雨正造就了南方人特有的纤秀与玲珑。一方水土养一方人，也造就了一方文化。南方的诸多剧种如黄梅戏、越剧、锡剧、粤剧都有一种蜿蜒飘柔，缠缠绵绵的感觉，南方人听秦腔要捂住耳朵，说吼秦腔如驴叫，可秦人听惯了秦腔中黑脸包公唱的"王朝叫来，马汉秉……"真是一声惊天动

地的吼叫。再听越剧中包公唱的"王朝叫来，马汉秉……"那种哼哼唧唧、软绵绵的慢板，秦人是绝对听不惯的，不适应秦人的粗犷、豪迈的气质。

在陕西，一个名演员的知名度比一个国家领导人大。我们邻村有一个人眼睛不行，人称瞎姚三，专爱说媒算卦说顺口溜。他的儿子是县剧团的秦腔名角，很受秦腔迷的尊敬，他因此看戏不买票，看病不挂号。走到门口不等别人挡，他就说："八月十五圆月呢，高德把我叫爹呢"。众人一听是名角他爹也就放行了。据说陕西著名的秦腔演员任哲中的车在路上烂在泥里开不出来，周围的农民都说当官的车烂在泥里了才好呢，都别管。汽车挣扎了半天也开不出来，农民就是看着不动，这时任哲中从车里出来说："老少爷们，我是任哲中，请你们来帮帮忙，我给你们唱段秦腔。"人们一听是秦腔名角，赶紧一齐动手把车推了过来。任哲中当下唱了一段秦腔，给当地的人留下了美好的印象，人们自豪地说今天有幸见着秦腔大演员任哲中了。

陕西是一个人文资源特丰富的大省，仅发生在陕西地方的故事编成的秦腔戏就不少，如西安的《西安事变》、《五典坡》、《杨贵妃》，咸阳的《千古一帝》，乾县的《武则天》，扶风的《法门寺》，华县的《劈山救母》，韩城的《司马迁》等等。

如今人们富裕了，娱乐的方式五花八门，而勤劳善良的陕西父老乡亲仍在这块黄土地上辛勤劳作，仍在那古朴的秦腔中其乐融融，知足常乐。古老的秦腔在三秦大地上伴随着劳动人民代代生息繁衍，谱写新韵。

我真诚地为他们祈祷，为他们祝福。

男人还是有钱好

在当前物质生活相对上升的时候，人们的道德生活却相对的下降了。于是人们开始对富裕产生了怀疑。有人开始"怀念贫穷"，感叹着男人不能有钱，或者说有钱的男人就变坏。有的夫妻贫穷时能患难相依，恩爱相伴，富裕了却矛盾四起，过不到一起了。人们开始提出了男人到底有钱好还是没钱好的疑问。

从古到今，社会发展的前提是经济基础。没有富裕的经济，社会就不可能发展。大到社会、国家，小到家庭、个人，都是一个道理。古人曰："仓廪实而知礼。"意思是说只有富裕了人才能懂得礼节。毛主席也曾说过："手里有粮，心里不慌。"如果一个人连自己的温饱都解决不了，还有什么心思讲礼节。

电影《人生》中的高加林路过百货公司，从橱窗的玻璃中看到自己衣衫褴褛，面容憔悴，一副倒霉的模样，拉着一个掏大粪的车子时自惭形秽，走在街上见人低三分，他怎么有心思讲文明知礼貌呢？可当他有了正式工作，成了记者，衣冠楚楚时，见人很懂礼貌。尤其现在的社会，你富裕了，没有人追究你是怎么富的。你一身珠光宝器，衣着不凡，车来车往，出入于大宾馆酒店，坐飞机，坐软卧，得到的是一路的尊重，你会觉得世界很美好，否则你来回挤公共车，住低等旅馆，坐人多人杂

的硬座车出门，你会受到一路的歧视甚至危险。你会觉得世界上一切事都很难，坏人很多，越穷越吃亏。那么你还有什么心思讲礼，别人更不愿对你有礼。人常说："穷居闹市无人问，富在深山有远亲。"男人有钱了，老婆孩子都体面。你作为一个男人，孩子因交不起学费被拒之门外；妻子衣服褴褛被人歧视；亲戚同事结婚别人都出100元的礼，你只出50元；你没房子住，你没钱交水电费，你没钱办一切事情，谁能同情你？

每一个男人都应该努力做一个有钱人，我们应该鼓励男人去拼搏，去奋斗，去劳动，去创造。只有人人都去竞善、竞美、竞富，社会才能尽善、尽美、尽富。如果男人不想做一个事业有成的人，一个有钱人，那么这个男人一定缺乏奋斗精神，是一个没出息，无追求不愿去奋斗的人。这样的男人就是不干坏事也不是一个真正的好男人。

一位哲人说过："伟大人物并不在于道德高，情欲少，而在于他有伟大的作为。"所以作为一个男人首先做一个事业有成的男人，一个有钱的好男人，更要有一种做丈夫、做父亲的责任感。至于说男人有钱就变坏的现象毕竟是少数，一个人做不做坏事由其本质决定，不是由钱决定。有钱的男人不是都坏，没钱的男人不是都不坏，任何事情都不能一概而论。有些没钱的男人比有钱的男人更坏，有的男人自己债台高筑，却认为账多不愁，虱多不咬，照样吃喝嫖赌。这些人更不受礼和德的约束，"不知礼，不成器。"人如果不顾面子，只要不犯法再坏也没办法。人要有钱，更要有德。真正有钱，有一定修养的人，有一定德行的人，更懂得管理自己，懂得做人，这些人相对来说变坏的不多。人生在世，首先是父亲的儿子，再是儿子的父亲，妻子的丈夫。先有这些责任感，其次才是什么经理，什么局长，什么大款，有了这种责任感才能减少有钱变坏的可能性。

在家庭问题上，一个好男人的标准首先是好光景，家庭富裕了，相对就和睦，老婆孩子出门都精神，不受人歧视。穷家难当，你穷了，矛盾肯定多，所以说男人还是有钱的好，决不能因噎废食，不去追求富裕而"怀念贫穷"。

男人变坏有种种原因，一是不平衡心理的发泄；二是社会不良现象的诱惑贪图享受；三是由其本质决定。人们在迁怒男人有钱就变坏的时候，是不是也该问一问女人该负什么样的责任呢？

一碗稀饭

千百年来，吃饱肚子一直是大多数老百姓的生活目标。古人说，人生的意义在于食色性也。孔子说，悠悠万事唯吃为大，所以中国人一见面就互相问"吃了吗"。吃的思想贯穿于人类的发展史，贯穿于文化、艺术、科学、宗教等一切领域。

改革开放以来的三十多年后的今天，我周围的人才真正不再为吃不饱肚子发愁了。现在人们生活富裕了，饭饱生余事。人们开始讲究吃花样，吃营养，吃品位。很多人有钱没处花，吃了五谷想六谷，吃得出奇，吃得荒唐，吃得腐败，吃得奢侈的没有人性的例子太多了。我是一个普通百姓，生活的标准和千万万贫困的普通老百姓一样，吃的质量平平淡淡，也奢侈不到哪里。人常说"人只有享不了的福，没有受不了的罪。"过去日子穷的时候，我的理想就是能饱食一日三餐，现在生活富裕了，物质上不愁吃不饱了，可我仍然信奉着善待三餐的习惯，我享不了大富大贵的吃喝。就像歌里唱的："九等人是教员，山珍海味认不全"。的确，我无缘吃人间高档的食物，能善待三餐吃饱、吃好就满足了。

我很少有吃"官饭"的机会。有一次我和朋友一块吃"官饭"，大肉大鱼等上了一大桌，感觉都吃得不错，可都没有引起我的注意，后来上了一碗稀饭却让我吃得惊奇，我说这碗稀饭还不错，给我再来两碗。同桌的人都笑了，说那不叫稀饭，那叫鲍鱼捞饭。一碗 180 元，就这么小小的一碗稀饭就要 180 元？我真不敢相信，这次算给我长了见识开了眼界。

回到家里我就让妻子给我做那昂贵的稀饭，我给妻子描述了半天也说不清那碗稀饭是怎么做的。我一直弄不清到底叫鲍鱼捞饭，还是叫捞鱼鲍饭。妻子说不就是一碗稀饭嘛，我给你做比那鲍鱼捞饭更好的稀饭，让你天天吃个美。后来，她买来了大枣、枸杞、薏米、小红豆、花生米、莲子、黑米、百合等等，她认为这些东西既有营养又有保健作用。于是她每天早晨 6 点起来就开始做这种她认为能长寿的十宝稀饭。这样做了一段时间后，妻子问我她做的稀饭好还是外头的鲍鱼捞饭好？我说还是你做的营养稀饭好，外头的鲍鱼捞饭咱吃不起，一年半载吃不了一次，可家里的营养保健稀饭，天天能吃。我又告诉她，很多人晚上不睡，早晨不起，顾不上吃早饭，能坚持吃自己做的三餐的人不多，这本身就是一种品质，是难能可贵的，是值得赞赏的。

我说的是实话，一碗稀饭吃出了妻的贤惠，吃出了我对生活的理解和满足。人之美的基本条件是健康。一日三餐，生活有规律，健康了才美。我不羡慕偶尔大肉大鱼的山珍海味，只欣赏自己做的一日三餐，天长日久。

一个感天动地无法褒贬的故事

看电影《泰坦尼克号》随感

看了美国电影《泰坦尼克号》，给人深深的震撼。3D 大片那逼真的立体效果，恢宏、博大，气势磅礴的场面，给人开阔、深邃、宽广、无限的感觉。现代化的高科技影视效果给人一种身临其境、伸手可触的真实感觉，让人感到新奇、愉悦、生动、逼真。而故事的情节更是感人。一次暂短的航行中发生了惊天动地的灾难，短短的时间演绎了一个震撼人心的故事，浓缩了人生全部的形态。大难临头了，上流社会的人，三等舱的人各自表现了他们最真实、最本质的一面。生与死的诀别，浓缩在惊心动魄的一刹那之间。

轮船失事就要沉了，一对老夫妻相拥着躺在床上等死，永不停歇的乐队还在演奏着欢快的乐曲；船长与船共存亡；富家子弟用钱贿赂船员，希望尽快逃生，有的人从别人手里抢救生衣，有的人把救生衣送给别人……而最感动人的还是主人公柔丝和杰克·道森的情恋。萍水相逢的穷画家为救一个上流社会的美貌女子，冒着掉入大海的危险，舍身救人的大无畏的精神，感动了要跳海的柔丝。柔丝对她依赖的未婚夫没有感情，对虽有好感的杰克·道森，也并不敢有恋情，可大胆、执著追求的

杰克·道森终于赢得了她的恋情，短短的一昼夜时间就在轮船
上发生了爱情，一发不可收拾。就在船要沉了，水都快淹没双
手被拷在柱子上的杰克·道森的时候，柔丝已经上了可以逃生
的救生艇，可她还是毅然放弃了生的可能，又一次扑进大水淹
没了的船舱，寻找杰克·道森。她冒着生命的危险还是把杰克·道
森从船舱中救了出来。影片一开始，平静中柔丝要跳海，杰克·道
森救了她，船要沉了，生死关头，柔丝又救了杰克·道森。船
就要沉了的最后时刻，他们患难相依，互相鼓励，撞过了一次
次死的危险。船彻底沉了，杰克·道森把漂浮物让给了柔丝，
他要柔丝一定要活着。是杰克·道森的帮助和鼓励，柔丝才活

了下来。

　　在沉船前惊险的一幕上，船上一千多人激烈拼搏，生死搏斗的紧张画面结束了，影片在一场惊心动魄中沉寂了。故事的确感人，走出电影院我还在想这感人的电影到底要说明什么？对主人公这暂短的婚外情，到底是该褒还是该贬？一百多年过去了，人世间的这种婚外情依然存在，而且愈演愈烈。

　　千百年来，男女之事，人间爱情，不同的地域，不同的时代，不同的版本，演绎了再演绎。无论是罗密欧与朱丽叶、梁山伯与祝英台，还是其他的种种婚外情，人鬼恋，千古绝唱，感人肺腑，感天动地。谁对？谁错？说不清，道不明。《泰坦尼克号》、《廊桥遗梦》等等婚外情的感人故事，谁能评判？有的夫妻生活了一辈子，没有感觉，但和别人相处一会儿，就爱的要死要活。带着这些疑问，我一边走一边想。刚出了电影院，就听到外边有人歇斯底里地骂道："我把你这个不要脸的臭婊子，你一个姑娘人家勾引我家男人，你要不要脸？……"两个女人撕扯到一起，一边用脚踢着，一个男人在中间拉着不让打。可怜的年轻女子，就像做错事的孩子不敢吱声，任凭那少妇揪着头发打骂。过了一阵，围观的人少了。那年轻女子突然挣开，狠狠地和那个少妇对打着，一边打，一边骂着。那男子夹在中间，劝着说："我和她看个电影有什么关系？"他妻子骂道："你和谁看都行，就是不能和她这个婊子看，你们让我逮住了几次了？"年轻女子骂道："我就是爱他，我不是婊子，我要让你滚蛋！"

　　我马上把这一幕和刚刚看的泰坦尼克号联系上了。刚刚看的《泰坦尼克号》的故事很悲壮、很感人，似乎也很高尚，是值得赞美的爱情，而眼前这一幕，显然是偷偷摸摸地、见不得人的。那年轻女子被揪着头发，就像做贼被抓住了一样的不光彩，无助无奈。《泰坦尼克号》里的柔丝和杰克·道森，似乎是让人羡慕，值得赞美的正面人物，而柔丝的未婚夫，丢了夫人还成了反面人物，导演把他导成了一个令人厌恶不光彩的角色，《泰坦尼克号》中插足的第三者成了正面人物，成了主角，他成了英雄，这是对婚外恋的赞美。一对婚外情人在船头上展翅欲飞的精彩画面很潇洒，很壮观。泰坦尼克号主题曲在优美的旋律中，达到了高潮。而现实中，电影院外边的第三者羞臊的无地自容，让人唾弃，什么是对？什么是错？改革开放的这些年，各式各样的婚外情层出不群，戏上有的世上就有，我们的文学艺术该怎样表现这些人世间男女之事，爱情纠葛？电影虽然来自生活，毕竟是人们加工了的艺术，生活才是最真实的，是要顾忌方方面面的关系，遵守一定的道德规范。

生活和艺术不能同等化，愿那些婚外恋的故事，永远是戏里的《廊桥遗梦》，沉没了的《泰坦尼克号》。人们还是恪守传统道德观念的好啊！

我的 2012 年

回顾 2012 年的日子，让我感动，让我难忘。

记忆从我的日记本开始。当 2012 年到来时，我在日记本的扉页上写道：

"2012 年我将以饱满的热情，健康的体态，旺盛的精力，坚强的毅志，圆滑的处事面对新的生活，过好每一个有收获的、有意义、有快乐的日子。"这是我 2012 年对自己的祝愿和期望。

时光刚一进入 2012 年，春节前我的装潢部承接了做春节社火队游行彩车的任务。天寒地冻，寒风凛冽，再加上一场大雪，天气更冷了，给做彩车造成了很大的困难。每天天不亮我就起床，计划今天都要干什么。我要和定做彩车的单位领导一遍遍地商谈，按照客户的要求，修改彩车设计草图，还要联系制作彩车的场地，找人来干活，指挥他们怎么干。时间短、任务重，如果这六辆彩车到大年初一游行做不好，误了大事，那就不好交代了，所以压力是很大的。经过一个月的苦干巧干，终于完成了六辆大型彩车的设计制作。

大年初一早晨，我们做的六辆大型彩车走在游行队伍中是最美的，订做的单位和观众都说做的好，我心里的一块石头才落了地，实现了开门红。这不仅是我装潢部 2012 年的第一桶金，也是对我毅力、耐力的又一次锻炼。

　　阳春三月县上开始了全面洁净工程，我们装潢部承接了一个乡镇的墙体喷绘宣传画的工作，历时六七个月的时间。起早贪黑，加班加点，在我们的努力下，这个乡镇很多显眼醒目的墙体上都贴上了洁净工程、民风建设等内容的喷绘宣传画，美化了环境，宣传了党的法律法规，集知识性、趣味性、美化性于一体，这是我们装潢部今年最重要的一项工作，这件事比做彩车容易，但也经常遇到领导要来检查。时间紧，天气不好，困难重重，需要连天连夜的赶时间完成，也是很紧张、很劳累的。

　　我喜欢旅游，今年是我旅游的丰收年，有幸几次外出，这是我 2012 年最快乐的事情。好心情是人生最美丽的风景线，它的价值永远胜过金钱和任何财富。无论是阳光灿烂，还是阴雨如晦，能坦然、乐观地面对生活，有个好心情，比什么都好！今年先后去了云南、云台山、甘南、北京、甘肃黄河石林，这是今年最开心的事，是精神极大的放松，所谓："游山忘岁月，玩水情怡然"。

　　"十一"长假秋高气爽，我和妻子开着自己心爱的小车，远涉甘肃景泰的黄河石林游玩，晚上住在农家乐，感受乡间情韵，看到了黄河石林气魄非凡的景观。一路上我们一会在高速公路上风驰电掣般的疯跑，一会儿慢慢悠悠穿梭在乡间小道、秋日林间心情是多么的轻松。

　　2012 年给儿子买了一套 130 平方米的新房，完成了一件大事，以后不再为房子的事再费心了。

　　2012 年我在繁忙之余坚持写作，偶尔有文章发表或获奖，这是我生活中的一个情趣。八月份完成了《美之路》书稿印刷前的一切工作。这本书从 2011 年初就开始申请书号、校对、画插图、设计封面等工作，历时一年半的时间，《美之路》书

稿总算印刷出来了，同时完成了我的画册的排版、校对、出版印刷的工作。当 2012 年的最后时刻，我的画册费了很大的周折终于印刷出来了。这是我今年工作的又一大收获，也是我学画画几十年的工作总结。我对我这两本新书爱若宝贝，这是我全部的精神财富。一年之中连出两本书这是我的快乐和骄傲。

　　2012 年我的装潢部的生意也是历年来最好的一年。一年之中我付出了比一般人太多的艰辛，当然也取得了喜人的收获。一分耕耘换来一分收获。2012 年过去了，岁月的年轮又是一个轮回，在这些日子里，我不敢有丝毫的怠慢，在不断地拼搏中日渐老去。人老了心不能老，一切都可以长，唯有傲气不可长。新的一年里，我还要谦和做人，努力做事。让平安和健康陪我不断地进取、愉快地生活。

除夕的记忆

过年前人们忙碌了很长时间，赶着工作，赶着办事，匆忙回家，过年的日子终于到了。除夕之夜，忙忙碌碌一个冬天，准备过年的人该到家的到家了，四周放起了烟花鞭炮，年夜饭上桌子，中央电视台春节晚会开始了，这就是过年，过年了真好，过年的意义就是亲人团聚大吃大喝，享受……过年最关键的一天就是过除夕，今年除夕吃着丰富的年夜饭，看着大彩电，看着我这宽敞豪华的新居，心中涌起阵阵的满足和自豪，幸福感油然而生，过年让人兴奋，除夕之夜更加让我感动，常常让我想起过去多少个难忘的除夕之夜。

1979年元月1日我来到宁夏谋生，开始了孤独地创业求生，疲于奔命的日子。每到春节的除夕夜，都是我独饮孤独。

有一年我在建筑队干活，住在建筑工地上的工棚里，工棚距离电源有二十几米，自己拉电线，我手里只有十多米电线，我就把电线分成单根，在屋内埋了个地线，在地线上浇水，差点被电打死了。除夕之夜我和工地上看场子的老头在没有电灯的工棚里，看着外面万家灯火，鞭炮齐鸣。我一个人在工棚里，心里很难过，不知道自己的未来是什么？为考学心焦，压力很大。

又有一年的春节除夕之夜，我借宿在园艺场主任的办公

室，一个人呆着，照着镜子给自己画像，画着画着，担心能不能考上大学，心里惶恐不安，看着镜子里憔悴可怜的我不由泪流满面。

后来我考上了大学，每年的春节我一个人在学校看校值夜班，每天挣1元钱。我毕业工作了，被分配到到乡下的一所中学任教，在那个偏僻的地方住单身宿舍，一个人过除夕，没有好吃的，没有电视，只有我一个人孤独的身影。

在乡下中学工作了两年后调到县城的职业高中。除夕之夜，学校一片漆黑，凄凉的寒风疯狂地刮着，学校后边就是过去枪毙人的地方，鬼哭狼嚎地凄惨和恐怖，伴随我的是一片漆黑和狂风怒吼。我的心紧缩着，恐慌极了。没有电视，没有丰富的年夜饭，没有人和我一块团聚。有一年我办寒假美术班，给学生承诺一个月时间，就一直办到大年三十下午，学生才散。我一个人骑着自行车到银川去办年货，也不知道该买什么？不知道什么是好吃的，买了几条小鱼，一小袋汤圆，回到学校算是给自己办了年货。天黑了，刮了鱼，鱼肚子里都是冰，自己胡弄着吃，除夕夜过得很凄凉。

除夕是过年的高峰和焦点，是举家团圆的日子，我却孤独地走过了一个个孤独无助的除夕之夜，留下的更多的是心酸。

后来结婚了，有了妻子的关照，除夕过得很丰富。刚结婚还是在那偏僻学校住单身宿舍，校园仍是一片漆黑，狂风依然怒吼，我还是住在单身宿舍，这就是我的家，但我有了归宿感，感觉我才真正意义上享受过年，享受了除夕之夜。有家有事业，才有了过年的感觉，才有了一个个难忘美好的除夕。

几十年来，每到春节我给单位订做彩车、花灯，常常为了迎接大年初一的彩车或者正月十五的花灯，过年前的一个月就忙活上了，起早贪黑，加班加点，接下了订单，就接下了压力，往往大年初一要交彩车游行，我的除夕之夜也就要更加的忙碌。每年的除夕之夜，我都拖着疲惫的身子回家，担心着明天交彩车，担心着今夜不要刮大风。几十年都是这样的操心、劳累，苦不堪言。去年做彩车找来帮忙干活的人，到了腊月三十下午，干活的人都惦记着回家过年，活没干完就扔下活回家过除夕，只剩下我和妻子两个人了。明天是大年初一要交工，彩车还没做好，我心急火燎，真是哭都来不及。

　　每年的除夕，为了生活，依然如故，除夕的繁忙，荒废了我的青春年华，辛苦地忙碌，身心疲惫！过年真的好累啊！

　　我是个倔强的人，容不下别人看不起我。只有努力把自己的事做好，为自己争光，争得一份自尊。多少年来，过年过除夕，我都是更加繁忙、劳累，没有静静地享受过年、享受除夕的悠闲。我的工作无论是单位或者自己的事都是给节日造美，造热闹的事情，所以我的除夕之夜，永远是忙碌的、辛苦的。这种忙碌和辛苦，还要延续很长时间，直到我退休。生命不息，奋斗不止，小车不倒只管推。除夕之夜对我是一个又一个的拼搏和磨砺。

　　除夕是一年中最让人兴奋留恋的夜晚，人们共享家庭温暖、天伦之乐的时刻；除夕又是一个辞旧迎新，激情与幸福的交融、祈福与祝愿的重要时刻；除夕是一个让人激动的日子，一个多情的日子。

梦想与现实

我站在领奖台上，鲜花掌声向我涌来，我得了全国的大奖。我终于成功了，我疯狂地喊："我成功了！我成功了！"可就是喊不出声音，只是一个劲地呜呜着……妻把我狠狠地蹬了一脚，我一惊……唉！到底还是个梦啊！我痛苦极了，我怎么能这么没有出息？这怎么能是个梦呢？即使是个梦也让我多做一阵子好梦该多好！我恨死妻子打扰了我的好梦。床头的闹钟响了，窗外传来广场上人们走动的声响，这的的确确是我的家，昨晚没洗的臭袜子还扔在那里，窗户上的玻璃早就烂了，北风呼呼的响着，我不亲自动手，一切都是原样子。这时我才真真切切的感到我还是睡在自己家这个旧宅里，不是在北京的人民大会堂。一切还得照旧的日复一日，我还得赶快到单位去签到。梦是个好梦，它终归是一个梦，现实还是现实，这才是最真实的。看看自己就不是那块料，何必自己折腾自己？谁都想好事，好事不想你有什么办法？在这十几亿人口的大国，想站在学术高峰的人有多少？你不是那块料，想也白想，能干什么干什么，能做什么做什么。我只能干我身边这些微不足道的小事，何必为做大学问去烦恼？理想和实现是有差异的，理想要靠现实去实现，而梦想就是不着边际不切实际的瞎想。人尽其才，如果不根据自己的实际情况，好高骛远，终将一事无成。很多人雄心勃勃，一条道走到黑，也没见有什么成就。

我是个粗笨的人，本来在老家陕西的渭河滩上用架子车拉大石头的干活，能混成农转非已经足矣！自己就不是大智大勇的人，能有个吃饭的差事，生活过得去就行了。想写就写，想画就画，也许永远不被人赏识，我自己乐滋就行。画画是我大学学的专业，教学生画画，上好学校的美术课是我的天职，业余时间想画啥就画啥，油画、国画、人物、静物、风景，随心所欲，自己图个乐滋。再次是写作，这是我工作中的消遣，小说、散文、诗歌、剧本、评论。曹雪芹能写出《红楼梦》，我能写个《秋的怀念》、《岁月的祝愿》、《美之路》……宇宙间既有沧海，也有一粟，做了总比不做强。

我在工作之余开个美术装潢店，丰富了我的业余生活。虽然收入不高，但足以使我养家糊口，足以在这个小县城展示我的才艺，靠辛苦，脱贫致富。如果我不去做这些事，谁能帮我一毛钱？我的房子、车子哪里来？我还如何能有闲心写作、画画，如何能有闲钱自费走遍大江南北去旅游？如何能把老婆、儿子打扮得花枝招展？让他们精神得扬眉吐气？所以我以劳务实的辛勤劳动是对的。

搞装潢是我把实用美术用于实践，给自己创收，为社会服务，为生活添美的辛勤劳动，主观为我自己，客观为别人。

对于写作，只有我不断地写，不断地自己给自己鼓励，才有了几本拙作问世，才有了现在工作的这个位子，才能有省级作家，省级画家的称号，才能被评为贺兰县文化名人，否则谁能帮我？所以我做对了。世上的事业有阳春白雪，也有下里巴人，我的作品也许不完全是下里巴人的作品，仍然有它美的一面，可读的一面，最起码有勤奋的一面。在这个物欲浮躁的年代，

像我这样辛苦的人不多，这种勤奋的精神是可贵的。

妻子批评我眉毛胡子一把抓，也常常听到有人善意的批评我是"样样稀松"什么都想干，什么都干不好。我的确没有干成一样很专业、很有成就的事情。我爱好广泛，什么都想做，什么都放不下。人常说："鱼和熊掌不能兼得"。揽的多了，精力、时间、经济都是有限的，肯定做不好，顾此失彼的现象难免。我当然也知道什么事情不在多，而在于精的道理，然而我就是这么跟着爱好走。

如今我年过半百，老境将至，一切都已成为定局，可我仍在理想中生活，仍然想学这，想学那，我把自己写的这些东西、画的这些画看若宝贝。我是个矛盾的人，有时惭愧自己就是因为"眉毛胡子一把抓了"才导致现在的一事无成，有时候又庆幸自己的获得，干总比不干强吧！我常常放任自己，只要是有益的东西，能抓一把是一把。我常常反思，如果我从上大学到现在始终如一的抓一样，未必能在一项事业中获得成功，也许我天生就是一个平庸的人物，专干一项取得一种学科的成功，绝非我等，平庸人物能够成功的事情，成名成家，出人头地，千万人里出一个人，那是必须要有超人的才气，超人的天赋和毅力。天赋是主要的，一个不具备这种超人天赋的人，怎么做也是白搭，也不会有超群的成功。

所以，我想自己也许原本就不是能在一项事业中有成就的料，一味的专一，无异于"守株待兔"，或者是自不量力的徒劳。这样想，我就豁达了、开心了、庆幸了，如果一个人不按照自己的才气能力做事，好高骛远，大事做不来，小事不愿意做，那岂不浪费生命？我是个实际的人，自己半斤八两自己清楚。好在我很勤奋、很努力，做不了大事做小事，根据我自己的情况，尽量地去做，做了总有收获，东山不成西山成，从一点一滴做起，大有大的用处，小有小的用处。天生我才必有用，能用多少算多少？人家是栋梁之材，能建高楼大厦，我是一枝一叶，能建个鸡窝狗窝棚，也算是个用处吧！

得奖只是一时的侥幸，中外历史上很多大师在世的时候，并没有得过大奖，他们的艺术风格并不被人接受，而且遭别人的排挤欺负。现在被人们称为一代宗师的齐白石在世的时候，曾经一幅画换不了一棵大白菜，而现在他的画要卖百万千万甚至更多。

梵高的绘画，一生都不被人接受和理解，受人排挤，被人欺负的成了神经病，割了自己的耳朵，最后自杀。现在梵高的画成了世界上最贵的画。有些人年轻时得了大奖到后来"江郎才尽"无所作为的人大有人在。况且，得奖只是一时的热闹，是有时效性，有数量性，也仅仅是几个评委的爱好罢了，而艺术世界是无限的。艺术是万紫千红、风格多样的，得奖只是艺术长河中偶而闪光的一个浪花。一个人一旦选择了艺术，得不得奖都得做。人是为生活而生存，为生存而工作，为工作就得不断的做事。于是，我想通了，再也不怨妻子打扰了我的获奖梦，我只要踏踏实实的做事，不骄不躁，不断追求，得不得奖无所谓，能在我生活的这个环境里把日子过好，就是成功了，没有人会看不起我。谁会对一个默默做事、勤奋努力做自己的事情、不妨碍别人的人说三道四呢？管他呢，只要老婆孩子高兴就行。

当然，我的画将来可能不会有梵高的画那么值钱，但我肯定不会面对别人的说三道四去割掉我宝贵的耳朵，更不会去自杀！我自慰着，努力着，走自己的路，永不停歇。我的道路是美丽的，我的人生是幸福的！

棋之韵，棋之乐

体育诸行道我没有一样爱好。上学时除非体育课堂我才应付着在体育场上瞎混，平时根本不参加任何体育活动。参加工作后，忙于工作和其他杂事也从不去运动场上活动。对于棋类更是毫无兴趣。有时看着别人那么忙着打麻将，跳舞，喝酒，诈金花，或者钓鱼也不免心动，很想掺合到他们当中去。常听人说"麻将那玩艺儿不敢沾，沾上了放不下"，"喝酒跳舞有瘾"。这些我都曾学过，试图有一样能吸引我，让我的生活也丰富有趣些，朋友多多，但都未能有一样吸引我入迷。棋类学过几种，刚学就觉得无聊。几十年来始终不改的唯一的爱好仍是躺在床上看小说，这才是我最大的享受。这么看了几十年视力仍是1.5，兴趣有增无减。

有一次我看到路旁的棋摊上围了一堆人看两个人下棋。一个愁眉不展，犹豫不决；一个兴奋不已，摩拳擦掌。周围观棋的人一个个唬气哈气，不依不饶，最终下棋的两个人吵得不可开交，看棋的人为一步棋大打出手。我嘲笑这些人咸吃萝卜操淡心。我同办公室的两位老师常常下班后不回家在办公室下棋，两个人杀来杀去，被棋盘风云搞得不可开交。出于好奇我看了几次，学了几天开始对象棋有了兴趣。再忙的人也有闲的时候，人总得有点业余爱好，有点玩的项目。写字作画是我的正业，

业余干点什么呢？我不失时机的努力培养自己对于象棋的兴趣，开始琢磨象棋之道。终于在我眼前亮开了一方美丽的天地，我惊呼："象棋之道奥秘无穷，其乐无穷。"

　　人生就是一场竞争，是一场极不公平的竞争，同样是娘生父母养，可每个人竞争的起点大不相同，条件不同，背景不同。有的人一生下来就有优越的条件呵护，一工作就是领导，一出手就是大款，而有的人一生下来就是艰难困苦，就为温饱奔波。这两种不同的境况怎么能竞争？就像一首歌中唱的："山上有棵小树，山下有棵大树，我不知道哪个更高，哪个更大？"这是因为环境的不同。而象棋比赛是一个绝对的公平竞争。如果说世界上的事有公平的话，那么唯有象棋比赛是公平的；同样的势力，同样的格局，每一个棋子各有各的路线。棋无大小，任何一个棋子只要条件具备，都可以吃掉另外任何一个棋子，棋盘之上没有生活中的不平。同样有生活中一样的逆境，顺境，机遇和险境。棋之高在于纵观全局步步成韵，整体统一，各个出力，各有各的招数和范围；马走日，炮翻山，车行直路一条线，卒子一步象走田。博奕之道，贵乎严谨，高者在腹，下者在边，中者在角，下棋讲究击左者视右，攻后者瞻前，两生勿断，皆活勿连，阔不可太疏，密不可太促。一盘象棋之战既是一部军事兵书，又是一部妙趣横生富于哲理的人生大辞典。我真折服古人创造了象棋的奥秘多变和博大精深。

　　过了不惑之年的我，现在才对象棋有了兴趣和敬重，真是相见恨晚。单位里个个都是棋盘高手，谁都看不上和我下，我只好回家教老婆儿子下。开始她们让我几下杀得招架不住，就没有兴趣和我恋战。我只好和她们讲条件：陪我下棋我就陪她逛街逛商店，陪他买吃的，买足球。这样老婆儿子就都有了兴趣陪我下棋，后来越下他们的水平越高。渐渐我开始招架不住，兴趣也就淡了。这回老婆儿子却不依不挠，非缠着要和我决一胜负，并且主动撤销了我原来对她们的承诺。睡前下，饭后下，一有机会这两个人就不放过我。慢慢地我悟出了象棋之道。不再一开始就来个炮翻山，吃掉一个少一个，而是谨慎出棋，认真琢磨统盘全局。最终老婆儿子一个个败下阵来。妻说："看来姜还是老的辣。"儿子不服气，一次次缠着要和我下棋。这次该我神气了："儿子，要下棋可以，但必须约法三章：放学后及时回家，不得进电子游戏室，做完作业老子陪你下个天昏地暗。"儿子答应了，从此我再也不用放学后到处从电子游戏室找儿子回家了。

别了，我心爱的教师工作

　　老师，是一个多么可敬的称呼，教师工作是一个多么崇高的事业，学校是一个多么神圣的知识殿堂。因而，我考大学唯一的志愿就是师范学校，毕业后做了二十多年的教师，爱岗敬业，勤于学习，不断追求"学高为师，身正为范"的境界。现实给我的是一个普通教师的差使，我不恭维她，也不敢亵渎她，这是现实对我几十年追求的回报。我不知道这是薄情还是厚爱？有人曾设想要使这个职业成为人人都羡慕的工作，多少年过去了，依然如故，并无多少人羡慕，仍被人尊称为"蜡烛精神"，然而，我永远珍惜这份工作，并无多少夸夸其谈，豪言壮语，只是觉得这份工作对我来说得来的太不容易！她不是用一张普通的招工公文或者求人送礼换来的，这是我苦苦奋斗的结果，我感受过一个贫寒学生被歧视的滋味，所以，我当教师就要平等、尽力地教好每一个学生，努力做一个好教师。在商品经济的大潮中，多少同事下了海，成了款爷、富婆，我仍坚守我这心爱的、清贫的教师岗位，无怨无悔……然而，我今天却不得不离开教师岗位，心中时常感到隐痛和不平！

　　我大学毕业后，被分配到乡下的一所中学任教，我以饱满的热情全身心地投入到教学工作中。两年后，调到县城的职业高中18年没有挪窝，除了上班时间认真教课，课外还办了业余美术班。二十多年来教的学生不计其数，很多考取了区内外的美术院校。这个县的很多中小学美术教师是我教过的学生。去年，我所在的职业高中由于经营不善关闭了，我又被调到乡下的一所中学，心中一时难以接受。并非自己不愿"屈尊"，而是"下架的凤凰"在乡下会被人歧视，会被别人看笑话，认为你没本事才从城里混到乡下。你向上走，人们会抬举你，你向低处走，人们会小看你，甚至欺负你，人家会说，还是你没把事情办好，你总是没本事，没人缘，舍不得花钱，才到这种地步，好说不好听。从城里到乡下总不是件光彩的事，那么，想进城，这个教师就不能再干了，就必须改行。我爱教育事业，可有什么办法？我教了二十多年的书，可谓桃李满天下。二十多年我在教育战线上贡献了我最旺盛、最充沛的青春年华，到老了，却因为没有编制被弄到乡下的学校，又因为没有编制，不得不离开我心爱的教师工作。我辛辛苦苦干了二十多年，我的编制到哪里去了？一个艺术班的美术课由我一个人教，一周最多的时候要上 24 节课。后来这些学生都成了这个县上的美术老师，我却因为没有编制被弄到乡下，这无异于卸磨宰驴啊！什么尊重知识、尊重人才，有关系有钱能走通路子"不行也行"，没关系没钱走不通路子"行也不行"，有关系就有编制，没有关系，有一车编制也轮不到你。

回忆我做教师二十多年，的确像蜡烛一样燃烧了自己照亮了别人。我深知一个教师的责任，严于律己，勤于奉献，从未放松学习与追求，力争做一个好人，做一个好教师，为人民的教育事业发一份光、尽一份热。二十多年的每一个寒暑假我从未放弃课外办美术班，辅导一批批中小学生学画画，寒假冒着严寒，暑假顶着酷暑，在别人休息、娱乐、转街、旅游的时候，

我辛苦的教学生画画。二十多年是一个不短的时间，我以实际行动力争做一个有才有德的好教师，在教师这个平凡的岗位上做不平凡的事情。我就这么日复一日，年复一年的在教学生的光阴中老了，不断地写教材、写论文，争先进、争高级职称，不断地参加继续教育的各种考试、专升本、本考研。我觉得我还年轻，在教育事业中还有精力，有能力再干二十年。我喜欢站在三尺讲台看学生们求知识的贪婪和对我的尊重。站在讲台上讲课是一种艺术的表演、知识的表达，情感的宣泄啊！做教师工作，那是一种多么美好的享受啊！我正以饱满的热情、积极的态度面对着我心爱的教师工作时候，教育局长却轻蔑地说："有你不多，没你不少，想干去乡下，不想干随你，还有人没岗上呢？"于是，我无可奈何地告别了心爱的教师工作，违背了我当年永远做一个教师的誓愿，从一个勃勃青年熬成了一个半截子老汉，却要离开这心爱的教师工作，总有一种难以割舍的惜别之情，只能怨自己不识时务，太耿直，没把事情办好。

我一步三回头地离开了我心爱的教师工作，耳畔时常回荡着校园清脆的铃声和学生们朗朗的读书声。学校生活成了遥远的梦，成了我永远难忘的记忆！

我怀着悲愤和失落离开了教师的岗位，不得不改行到了一个文化单位。教育上的高级职称不算了，文化上还得从初级再评。离开了我为之苦苦奋斗孜孜追求了二十多年的教育事业，告别了和我天天相处的教师、学生，还有那心爱的讲台，一种极大的失落感占据了我心灵。离开了学校意味着我再也不是一个教师了。看着自己已一把年纪，在教育战线熬成了一个老教师，高级教师，已经隐隐听到"夕阳无限好，只是近黄昏"的吟唱了，却折腾得离开了我心爱的教师工作，到文化馆做一个新手,重新再评职称。面对今天的处境,我无数次的扪心自问"自己是何苦来着?"人常说:"三十不改行,四十不挪窝,五十不离婚,六十不买房,七十不置地。"可我不但调了工作,而且我还转换了行业,我怎么这么不明智?我都快50岁的老汉了,不但买了两套营业房,而且还从学校调到文化馆,这种大起大落的折腾,到底是对还是错呢?对此,有人赞成,有人反对,有人还捂着嘴嘲笑,当然我还得强装笑脸。我是多么眷恋我干了二十多年的教师工作啊!学校生活相对来说是一块净土,学生们蓬勃向上,教师们勤奋努力。我怀念那些渴求知识的学子们张张可爱的笑脸,那些为人师表默默奉献的"夫子"们的真诚面容。离开学校是我无奈的选择啊!

我做教师最后的暑假休息时间我还四处搜集教学资料,编写教案,准备教具,认真准备下个学期的教学工作,这已是我做教师工作几十年的习惯了。我在教师这个岗位上干了二十多年,评了高级教师,还想评特级教师,还想培养一批批青出于蓝胜于蓝的骄子,还想在教学中创更大的成绩……然而,现实使我的热切希望化为泡影,现在我到新的文化单位上班后,这些东西永远没有用了,我还是细心的把它珍藏,珍藏在我心灵的深处。心有千千结,唯有这个结,让我感情奔涌,心情激荡,它在我的教书生涯中划上了一个无奈的句号!

别了,我心爱的教师工作!

民 工 吟

　　隔壁建筑工地不分白天晚上轰轰隆隆地响个不停，让人非常反感，工地上的噪音搅得人日夜不安。

　　夏天的夜晚，天气闷热，闲来无事我就细心观察这些建筑工地上的民工。天长日久，我对这些民工有了一些了解，对他们由反感到好感，最后产生了深深的同情和敬意。

　　早晨 6 点多钟，这些民工就开始吃早饭。一碗清汤寡水的稀饭两个发黄的馍馍。吃罢饭后由工头派工，一直干到中午 12 点钟，中间也没有个休息的时间。中午饭是一大碗没有菜的清汤面或者土豆丝和米饭。下午一直干到日落西山，晚饭又是一碗稀饭两个馍馍，或者一碗清汤寡水的白面条。

　　到了晚上吃过饭后，城里人开始了丰富的夜生活，开始了各自不同的消费。而这些民工们有的在未竣工的建筑工地里乱吼秦腔，有的去广场看城里人跳舞，有的游荡街头看电视，有的躺在潮湿的工棚里思念家乡，做他们自己的发财梦。

　　我看着远处日渐崛起的建筑群，为那些受苦受难的民工鸣不平。无论是哪一个城市的建筑活和最繁重的体力活都是外地最贫困民工干的。当一幢幢高楼大厦宾馆酒楼、高级公寓竣工，人们赞叹着建筑的豪华美丽时，谁能想到当年建筑者大多是乡下的民工呢？谁会把这豪华的建筑和他们褴褛的衣衫，孱弱的身体，贫苦交加和默默无闻连在一起？每一幢建筑落成后，得到高额收入的只是那些不出力气的包工头，而那些可怜民工的收入微乎其微，甚至一年到头那微薄的辛苦钱都拿不上。那些在工程中获得高额收入的人挥金如土一样的消费，甚至一次的花费是那些苦力民工多年的收入。大厦落成后这些民工们永远不可能再涉足那些豪华美丽的场所了。

我曾是那些打工人中的一员，感受过那苦役般的劳动，我深深体会到他们的苦楚和艰辛。我常常构思着这么一幅画面：背景是刚刚竣工的高楼大厦，近处是一群竣工后的建筑者，他们背着简单的行李，穿着褴褛的衣服，个个一副茫然无望的神情。他们在想什么呢？是在寻找新的工地，还是在想他们遥远而贫困的家园呢？

那些民工常年在外干苦力，家里有他们的妻儿老小，在盼着他们的归来，他们累弯了腰，熬干了油，染一身病，上了年纪再回到他们贫苦的家乡，在那亘古不变的土地上生老病死。

唉！民工可怜。

把猫留下

我最反对养宠物，却拗不过妻子儿子的爱好，于是把鸟、狼狗、小西施狗都养遍了，最后都因"教宠物无方"而失败。

人家养宠物能驯得让人开心，咱没那本事再也不养那些畜牲了。一次去妻妹家，看到一只小黑猫，一身油黑的黑毛，却长着洁白的胡须，嘴、爪子和尾巴尖都是一色白，非常漂亮可爱。看到它我就一下子想到了画家韩美林笔下的水墨画猫的优美姿态，我就有了要画这猫的冲动，但不喜欢猫动不动就上人身上乱抓。妻要领回家养，我坚决不让，妻说我是叶公好龙，我默认了。

过了几天妻真的把那只小猫带到家里来了。既然已经带回来了，我也不便再说什么了，好在这猫的确很可爱，从不随地大小便，吃得也少，常和鱼缸里的小鱼逗着玩，在地毯上把一个小皮球玩得有滋有味。看着它那可爱的姿态，我就构思着怎样去画它，韩美林笔下的猫和我面前的这只真猫在我头脑中交相辉映着，就这样我爱上了猫，再也不厌恶它了。闲来无事也逗着它玩，我给它买了两个花皮球和一个电动小猫，电动小猫在地毯上不停地走着，咪咪地叫着，小黑猫惊奇地和电动猫玩得十分开心，样子十分风趣。两只猫，一真一假给我家带来了极大的乐趣。我家养过很多宠物，从来没有这么开心过。我们

178

一家三口，精心地饲养着，呵护着那只可爱的小猫。

过春节家里来客人，也都很喜欢逗小猫玩。就在我送走客人之后，突然发现猫不见了。一家三口找遍了屋子，找遍了大院，仍不见猫的踪影，就忙打电话问客人是不是猫跟着他们走了。一家人很可惜丢了那只可爱的小猫。妻还是不甘心地在自家的门口像叫自己的孩子一样"咪咪"地叫着，楼上的邻居，听见叫声，很友好地说猫在他家。我和妻飞也似的上楼去邻居家，看见猫正蹲在邻居家的地毯上喝着牛奶，吃着香肠，妻高兴地叫：咪咪，咱们回家吧。可那只猫贪婪地吃着、喝着，头都不抬一下，直到把肚子撑得溜圆，这才安详地躺在人家的地毯上伸着懒腰，给人家献着妩媚。妻耐心地叫着咪咪回家，可它丝毫没有回家的意思。妻还是把它抱了回来，可恶的是这猫从此什么都不吃，就要吃香肠、喝牛奶。门一开就往邻居家跑。我说这家伙不是家里养的虫。猫好像听懂了我的意思，又向我亲昵地眯咪叫着，一种厌恶涌上我心头，我说快把它撵走，妻说算了，猫毕竟是动物，不能因为它一次错就不放过。我说：猫是奸臣，我从来都不喜欢宠物，可还是对这猫特别呵护，它竟这么不知好歹，谁叫就跟谁走！猫有什么舍不得呢？让它滚！

外边一片漆黑，我一脚把猫踢出了门外，妻不安地张望着，我说，放心吧，凭它的姿色很快就会得新宠的。

妻妹特别喜欢养猫，过了不久又养了一只小花猫，暑假要出去旅游，又把她的小花猫寄放到我家，慢慢地我又喜欢上了这小花猫。经过长时间观察，我发现猫不像其他动物可以驯服、可以教它做动作，它不认人、不记动作，你打它一顿，过一会儿它又和你亲热或者温顺地躺在你的怀里。

妻说猫是一个没有思想，却有情调的玩物，何必把它当真

呢？仔细想来，的确猫并无恶意，并没有给我们带来什么麻烦和危害，它不认好人坏人，它对谁都善良，它不会像人一样爱憎分明，也许这是它的弱点，同时又是它的优点。

一有闲时间，一家人就逗着猫玩。它很会讨人喜欢，一会儿洗脸或者陪你玩，一会儿翻跟斗或者亲昵地躺在你的怀里。天长日久，猫成了我家的重要成员了。妻妹旅游回来了，再要猫时妻和儿子说什么都不给。想想猫给我家带来的情趣，我再也不说猫是奸臣了。我也想通了，狗有狗的灵性，猫有猫的情趣，就像和人相处一样，十全十美的人哪里有呢？得饶人时且饶人，做人其实也不能太爱憎分明，要学会宽容，要学会和各种人相处。猫尽管有它的不是，可它毕竟有让人愉悦的一面。关健是要利用它愉悦善良的一面，防止它轻浮的一面。于是我说，把猫留下，我们要学会善于面对一切，不能一概排斥，不能简单地用好坏评价事物，要善于和猫和狗和一切凶恶的动物相处，用智慧驯服它们，让它们成为人类的朋友。

肥料的今昔

　　过去农民种庄稼，施的全是农家肥。厕所、猪圈、牛、羊圈，各种粪便用土一层层的压盖，积多了挖起来倒一块堆成一个大粪堆，然后再敲碎用架子车拉到田里给庄稼施肥。这是农业社最脏、最累的活。一到冬天农闲的时候，还有人专门拿个铲子，背个筐子到处拾粪。城镇的公共厕所都派专人看管，或者给大粪池子安上锁子，防止有人偷拉大粪。罗中立的成名作《父亲》就是画的看大粪老头。城镇的公共厕所都是由生产队承包负责清扫，交一定的承包费。那时候的农家肥除了人畜粪便，还有老城墙的土都是很好的农家肥，所以，"破四旧"的时候，很多古城墙，名胜古迹都被当成肥料挖倒了。再后来，推广了一种"沤肥坑"，就是在地上挖一个大坑，把脏水、烂菜叶子和土掺到一块。农村就靠这些农家肥祖祖辈辈的在土地上耕作、生活。多少年人们一贯用毛主席的八字方针："土、肥、水、种、密、保、管、工"，在土地上辛勤的耕作着。一段时期在八字的后头又加了个"深"，深就是深翻土地，把地翻的越深越好，结果把深层的生土翻上来后，反而不长庄稼。

　　后来，引进了化肥，特别是日本的尿素，上到田里的庄稼后，庄稼就像吃了激素一样的疯长，庄稼的收成一下子翻了几番，尿素的奇效简直让人不可思议。日本的尿素让祖祖辈辈施

惯了农家肥的农民目瞪口呆，过去施农家肥一亩地最多产二百斤左右，上了尿素后的亩产量能打一千斤，而且施尿素还轻松，施农家肥要用架子车拉几天，也施不了二亩地。施尿素背一袋子，抽一袋烟的时间就上完了几亩地，并且尿素施上了以后，立竿见影。农民把尿素看成丰收之宝，就连尿素肥料的袋子也当宝贝，那时候谁能穿上尿素袋子做的衣服那真是牛啊。现在想想，那时候的人真是穷，连公社书记都以穿着尿素袋子做的衣服为荣耀。公社书记骑着自行车走着，衣服敞开着，随风飘动，衣服的后面是大大的"尿素"二字，下面是一行小字："日本株式会社制"，夏天随风一吹比的确良都凉快。想想那时候人真悲哀啊！当然"尿素"效果好，可价格贵，农家肥产量低可价格低，不需花钱买，农民没钱有的是力气，大多数农民还是以农家肥为主，有的人买不起尿素，自己给自己宽心说还是农家肥好。那时候还没有绿色食品一说，只是说化肥上多了地越吃越馋，以后再用农家肥就不管用了，而且，尿素施多了土地就板结了，再也不长庄稼了，真是骇人听闻啊。

"庄稼一朵花，全靠肥当家"，肥料是农业丰收增产的命根子，化肥传入我国半个多世纪了。多少年来，土地不但没有板结，而且用农民的话说，土地施上化肥，越吃越馋了，施上了化肥产量一番再翻，达到以前想都不敢想的地步。多少年靠辛苦埋头种地的农民彻底的醒悟了，靠苦干蛮干是不行的，要靠科学种田，靠先进的工业、科技带动农业，改变观念，改变耕作方法，改变产业结构，是农业和任何产业的必由之路。农民必须走出因循守旧的思想，改变古老的刀耕火种的耕作方法，才能走真正脱贫致富的道路。过去100人种10亩地都是死受苦，现在一人种100亩地还不受苦，轻轻松松种庄稼，走科技务农改变产业结构的道路才是农民真正致富的道路。

　　时代在变，肥料也在不断更新，不知道以后的肥料会是什么样子？反正会越来越轻巧，越科学，产量会越来越高，农民会越来越轻松，越富裕。

丑妻，近地，老棉袄

小时候常听人讲人生有三宝：丑妻，近地，老棉袄。尽管上年纪的人把这个道理讲了多少遍，谁都说理解，可谁都不愿找一个丑妻。过去的婚姻大多是媒妁之言，父母之命。这种被动条件促成的婚姻只叫婚配，不说爱情，却大多能一婚而终，白头偕老。因为过去的人认命，认为既然结婚了就是命里安排好了，不想着再换一个。对女人而言就是嫁鸡随鸡，嫁狗随狗，嫁汉嫁汉，穿衣吃饭。只要追求穿衣吃饭，无论对方是瞎子瘸子也就认命了。现在的人聪明了，懂得了追求和选择，懂得了人不能委屈了自己，走自己的路，不怕别人说什么。现在的人懂爱情了，懂自由了，婚姻家庭却越来越不稳定。市场经济搞活开放，很多家庭也在飞速组装、分离。究其原由是人们的贪图享受、喜新厌旧和自私所致。过去的人吃饱穿暖就满足了，现在的人欲望无边，看别人的日子比自己强，看别人花天酒地，看别人的丈夫有钱有势，看别人的老婆比自己的漂亮，所以就不安分，由此，我又想起了"丑妻，近地，老棉袄"的古训。

漂亮女人大多自持清高，心高气傲，你得处处敬服着她，漂亮女人如果缺乏矜持，缺乏检点，言行放荡，必然遭到男人的随意表白。一旦红杏出墙，和其他的男人苟苟且且，让你防不甚防。漂亮女人一般周围都有很多男人追着捧着，所以她就容易自我感觉不错，脾气大，欲望高，离婚的勇气也就大。漂亮的女人大多注重外在的漂亮，而不注重内在的美，大多也就浅薄，缺乏内在的修养和真才实学。如果一个女人光有外壳的漂亮，没有一定的文化修养、知识水平和内在素质，那么只能是一个漂亮的外壳。只有外在的美和内在美的统一才是一个真正意义上的美女，一个高尚不俗的丽人。否则徒有一个漂亮的躯壳，如同一个没有思想的漂亮的神经病患者一样。花瓶一样的女人如同绣花枕头一样没有内涵，浮浅而空虚，虽然漂亮却并不美丽。

漂亮的女人如同一个好东西一样，你喜欢别人也喜欢，窈窕淑女，君子好逑。漂亮女人你得格外地呵护，严加防范，也许有的漂亮女人并不想红杏出墙，可偏偏有一些好色的男人主动殷勤，常在河边走，湿鞋的可能性就大。丑妻不可能像漂亮女人那样想入非非，丑妻对生活容易满足。生活中很多的女人，人丑心不丑，人长得不怎么样，却知道努力从思想上、素质上和内在形象上塑造自己。丑女人常常能随遇而安，不可能想入非非，丑女人水性扬花的极少。历史上丑女多才子，红颜多薄命，人常说："丑妻人心宽，貌美生事端。"这话不无道理。《水浒》中的武大郎找了个貌美心不美，水性扬花的潘金莲才招来杀身之祸，如果他当初要找一个和他一样丑的妻子，平平淡淡的卖烧饼过日子，恐怕也属于个体经商中先富起来的一部分，日子一定过得不错。《水浒》中林冲的妻子貌美心也美，她不轻浮，也不水性扬花，只爱林冲一个人，可偏偏被高衙内看上，被非礼后而自尽，最终把一个好汉林冲逼上梁山。

近地离家近，好照应，干活方便，时刻能看管，免得别家的人和牲口糟蹋。丈夫，丈夫，管得了一炕，管不了一丈。如

果你常年在外打工，或者出门一年半载，几个月，甚至几天，家有漂亮之妻，能耐得住寂寞的很少。如果妻子轻浮，那必然出麻烦。过去有个王宝钏，寒窑等夫十八年，能保持贞洁，传为美谈。如果放到现在，哪有这么贞洁的美女？即便王宝钏不轻浮，寒窑外也早有成群的多情男子，随意向她表白和骚扰。

所以近地是个宝，家有美妻，常出远门，一旦后院起火，打工何用？

老棉袄实惠，保暖，使人免受寒冷，不怕贼偷，也不怕贼惦记。丑妻，近地，老棉袄，一生一世相伴相依，不怕外界的干扰，一生坦然，这该是一种多么省心的境界啊！

美国耶鲁大学的心理学家研究结果表明：丑妻可延年益寿。究其原因，娶美妻的男人，妻子如果不安分终生都在提心吊胆的状态下充当好汉，既要发展事业，又要巴结妻子，吃苦受累包揽家务，还要防贼防狼，满腹嫉妒，疑神疑鬼，心绪不宁。一旦红杏出墙，生气伤身，精神紧张，甚至决斗，不折阳寿才怪呢。

娶个丑妻不怕人勾引，丈夫身心坦荡，高枕无忧。丑妻多美德，大多能吃苦耐劳，无论丈夫富贵贫穷，健康病痛，成功失败，都能忠实厮守，丈夫心宽，自然长寿。

所以，让我们珍爱自己的丑妻，珍惜属于自己的近地，老棉袄……

换一种心情

近来很多事情让我烦恼不已，有些事无法逃避，有些事情无法挽回。想了很久我选择了把这些烦恼扔下，到外头走一走，换一下心情，换一个角度看我现在面对的一切不顺心的事。也许离开现在的处境，做一个旁观者，换位思考会豁然开朗的。既然我改变不了现实，可以改变心情，改变不了别人，可以改变自己，让自己适应别人。世上的事本没有绝对的对与错，也不可能有绝对的公平，很多烦心事大多都来自于别人的不公平，都因为自己不聪明没有把事情办好。

我选择了回老家陕西杨陵，那里是我人生的起点。我的童年、青少年时代都在那里度过。中学毕业后我就背着行李卷来到宁夏谋生。现在，时间过去了32年，我在宁夏这块土地上有过欢乐，也有过痛苦，有过不懈的追求，有成功也有失败，经历了多少事，感受了多少情，走过了32个艰难的历程。现在离开这个环境，回想我在宁夏度过的岁月，我应该对自己32年在这里的打拼做个盘点。

下午6点多我坐上了银川开往西安的火车。回眸西望，夕阳西下的贺兰山青山巍巍，安详壮美，他就像一个时间老人，像一尊神圣的雕塑，静观着人世间的世事沧桑，也陪伴我在宁夏度过了32个风雨春秋。32年来我每天看着贺兰山，

在它的呵护下一天天奔忙着。贺兰山大气雄浑，青山依旧，岁月常新。32 年的日子对我是漫长的，但对巍巍的贺兰山，对博大的大自然却是渺小的。这在历史的长河中不过是渺小的一瞬间，然而对我却是人生的重要阶段。现在老境将至，霜染白发。32 年来我到底在这块土地上做了些什么呢？列车摇晃着，贺兰山隐淹在茫茫的夜幕下，消失在苍茫的宇宙里，我在思考着……

一觉醒来火车到了陕西的关中平原，火车迎着朝阳踏着葱绿吐穗的小麦向东飞驰。厚厚的小麦如绿色的地毯在关中平原延伸。村庄掩映在簇簇树丛中。我贪婪地看着车窗外的风景。

离我家越来越近了，我的心揪了起来。铁道旁那熟悉的渠道、大路，故乡过去的人和事，亲切又恍惚的感觉索绕着我。似乎看到 32 年前我拉着架子车在家乡铁道边的大路上行走，骑上自行车去镇上给母亲抓药，随父亲拉上架子车去交公粮，卖生猪。我仿佛和过去的我在这条路上相遇了，我似乎看到了我当年瘦小屠弱的影子。我的内心涌起无比的激动。过去的日子像电影一样闪现在我的脑际。

到杨陵我下了火车，站台上的人都走完了，我却难以自已，心里非常难过。苦难的童年在我幼小的心灵留下了深深的烙印。我对人生的强烈希望，美好憧憬就是从这里萌发的。青少年的苦难让我幻想着未来的生活，激励我去开闯一个美好的人生。

回到村子。村子经过几次搬迁，现在的格局已经不是 32 年前的样子，因而更觉陌生。村上很多人明显地老了。40 岁以下的人我都不认识，所以和他们很少交流，见面只是礼貌地打个招呼。我到父母的坟前烧了纸，然后久久地站在父母的坟前肃立默哀，怀念我最亲爱的亲人，沉痛的心情无法表达。

我在老庄子的宅地上久久徘徊，回忆童年的往事，追忆遥远的踪影。看着、想着、感受着心灵的颤动，回忆着过去村子的格局……

渭河滩是我小时候记忆最多的地方，我骑上自行车在渭河防洪大堤上行走，回忆的闸门突然打开。中学毕业后我在这里的防洪水利工地出工，拉上架子车从南边的秦岭山底下往这里拉大石头，冬天在冰冷的渭河水里捞沙子，防洪堵水截流。夏天的夜晚在稻田放水，蚊子多的铺天盖地，那个罪真的很难受。白天辛苦的干苦力活，晚上还要开会学文件，一晚上不参加学习，当天的工就白干了。可怜的老百姓白天累死累活的干活，晚上还要政治学习，互相斗争。那种贫穷且愚昧的相互残害，让人不可思议，人啊人，一个个都活得那么艰辛，为什么还要人欺负人呢？为什么就不能友好相处呢？

我站在当年拉石头的地方，远看秦岭依然，过去汹涌澎湃的渭水不见了踪影，只有一条细细的河水疲惫的流着，完全没了当年渭河滚滚浪涛的样子。当时这里的防洪水利指挥部住着几百人都是全公社各个大队的人，有很多能人。我就是在这里干活时偶尔看到有人在画画，而产生了学画画的兴趣，学吹笛子，拉二胡。这对于我后来在宁夏走上学美术的道路起到了启蒙的作用。

渭河滩一片宁静，我努力追忆32年前在这里全公社的人在防洪大会战的情景。那时这里人山人海，歌声口号声响彻云霄，革命豪情冲破天的人海战，那种狂热，现在想来真的不可思议啊！有一年冬天防洪大堤合拢，工程队长第一个跳入刺骨的河水里。指着河岸上畏畏缩缩的人大喊："我看谁最后一个

下水？"我十几岁瘦小的身子，不敢犹豫，还是咬着牙跳入了冰冷刺骨的水里，三九天的气温，谁也不敢说不下啊！那个年代只讲奉献，一不怕苦，二不怕死，领导让你跳你就得往下跳，没有选择。干一天活记10分工，折合工日值人民币0.7元……

我骑着自行车一直到防洪工地最东边的鸡鸭场。我当年就住在这里的工棚里，这里的蚊子特别多，人家都有蚊帐，我没有。蚊子咬得我睡不着觉，就把头装在塑料袋里，不到一分钟就闷得难受。工棚里的老鼠特别多，吵得人一夜无法入睡。我现在旧地重游，忆起了当年在这里干活的好处就是一个月能吃上一顿肉，我打上自己的一份后，自己舍不得吃，骑上自行车跑十几里路送回家让我母亲吃。看到我母亲吃了肉，我心里很高兴。

回到老家短短的几天没有新的感受，只有对过去的回忆。没有能深入的了解家乡的现在，我就要回宁夏了。来的匆忙，走的仓促。回忆过去看现在，应该说是天地之别，眼前的不顺心比起过去受过的苦难的确都不是什么事情。如果说真有烦恼那都是自己不知足的名利思想在作怪。想想过去的苦难，现在的一点不如意算得了什么？过去这个村子欺负过我的人有的早死了，有的依然贫穷，有的还在遭到别人欺负。我想起我母亲说过的话：人欺负人没有啥，他打了你骂了你，风吹了，日晒了，老天爷是有眼的，天欺负人才是要命的，一切都会有报应的。我知道这是母亲当年对我唯一的呵护和安慰，是一种没有办法的办法，但讲出了一条朴素的真理。几十年来我经历过忧患，经历过艰难曲折，老天保佑使我的日子一天比一天好。天道酬勤，神灵保佑我走出苦难，走出贫困，好人总有好报。想到这里想起我可爱温馨的家，我的妻子、儿子，还有周围很多好人，我兴奋了。在那遥远的银川平原，那是一个多么美好的地方啊！

我平时竟熟视无睹，我要立刻回去，回到他们的身边。

我急切的买好了回银川的火车票。坐在火车上看到报纸上登的消息，赵作海被告杀人，死缓，他在监狱里蹲了11年，现在当年被他"杀死"的人回来了，其实那人只是离家出走和他无关，他被冤枉的坐了11年的牢，由此看人世间的事什么是对？什么是错？这样的事情摊在谁头上谁倒霉，有什么办法？伊拉克总统萨达姆，一国之王，好不威风，他有多少财产？可当强大的美国打败他后，他躲了起来，化妆成别人，美国人问他是不是萨达姆，他说他不是，美国人还是不让他活，让他死的理由当然很多，他是世界上最委屈的人，谁能给他主持公道？

世界上没有绝对公平的事，不公平又能怎么样？你没有本事把事情处理好，只能忍受。什么事情都要尽量争取，你付出了劳动作出努力，也就只好认命了，那就要想开，因为只能如此，单位给你少发奖金，别人借你钱不还，能要来更好，要不来就当丢了，遇到歹徒宁可丢了财，也不能丢了命，世界上的事本来就是以强欺弱，打不过人家只能任人宰割，人在屋檐下，不得不低头，这是自我安慰的最好口实，也是一种阿Q精神。看看动物世界，动物的生存方式其实就是一幅人生的真实写照，以大欺小，以强欺弱，谁的官大，谁就有理，掌柜的有理，官有理，是一条自然规律，学会适应是生存的首要条件，要善待自己，善于和任何强大的对手周旋，远离伤害，别让他把你吃掉就是本事，学会和各种各样的人友好相处，左右逢源才是本事。人无完人，人都有善的一面，也有恶的一面，千万别撞着了他恶的一面，再好的人你要撞上他恶的一面，都会让你难受，再坏的人你如果利用他善的一面，他都不会让你难受。让我们

和所有的人友好相处，扬起每个人善的一面，人生才能愉快，道路才能畅通。

换一种心情，我把当前的烦恼淡忘了，人生的道路本来就不是平坦的，到处有工作，到处有困难，人生苦短，烦恼多多，抛开一切烦恼，干自己喜欢干的事情，给自己营造一份好心情。面对现实，就这样吧！随遇而安，知足常乐！

哦，新兵

　　昨天，你还是那么淘气，让爹妈穿梭在游戏厅、网吧，大串联的找你，今天就换上了崭新的军装变成了另外一幅模样。穿惯了牛仔裤、留惯了长发的你穿上崭新的军装，配着你瘦小的身材，是那么的不协调。短短的板寸发型，把你装饰的格外精神。一脸的稚气、乳臭未干却又是那样的可爱。你穿上宽大不合身的军装，从此就是一个兵啊，开始了人生新的历程，你离开了游戏厅老板追债的埋怨，还有那些小哥们的呼唤，更有父母恨铁不成钢的感叹！踏上一个新的里程，告别了家乡的深情，离别了亲人的温馨，远离了电子游戏厅，远离了水吧、歌厅。你穿着崭新的军装，走进了绿色的军营，成为一名新兵。父亲一遍遍嘱托，母亲一遍遍叮咛：孩子到了部队要好好学习，刻苦锻炼，做一个合格的优秀士兵。孩子出门在外，不比在父母身边要注意饥饱，操心冷暖。自古"儿走千里母担忧，母走千里儿不愁啊！"你早对父母的唠叨听不进去，父母还是一遍遍把你看了又看，嘱咐了又嘱咐。

　　你戴着大红花，进入绿色的方队，父母看到的只是一片红花绿叶，你融入了部队这个革命的大家庭，成为一个可爱的新兵。送别的站台上挤满了送行的人群，别离的汽笛撕扯着父母的亲情，热泪从面颊流下，模糊了远方的视线，挡住了远去列

车那绿色的长龙。远去的列车给部队这大熔炉里带去了一块好钢，也带去了父母的千般挂念，万般希望！

父母不用再从游戏厅找儿子回家，不用再担心儿子出门打架，却涌上一份对儿子的无尽牵挂。

清晨，新兵营的第一声军号，把睡梦中在游戏厅里过关斩将的新兵从梦中惊醒，睁开眼睛看不到歌厅的灯红酒绿，看不到父母哀怨的眼睛，而是新战士个个雷厉风行的行动。操场凌晨刺骨的寒风中，新战士个个英姿飒爽，威武雄壮，跑步、立正、稍息、口令像铁板钉钉，落地有声，步伐如排山倒海，万马千军，铿锵有力，坚定稳重。新兵啊新兵，你们踏着"一二一"的节拍，开始了新的历程。新兵集训，开始超强度的训练。凛冽的北风卷起漫天黄沙，天地间一片浑沌，气候异常的寒冷，新兵正顶着艰难苦练，立正、稍息、摸爬滚打，毫不放松。三个月的集训，高强度的训练，每一个新兵的身心、耐心和毅力都受到极大的锻炼。各种军训认真过关，如同一个炼狱，把一个普通青年锻炼成一个钢骨铁筋的新兵。

要好男儿当自强，要当好兵保国防。军营生活千锤百炼，个个都是英雄汉。这些新兵，他们在家都是父母的心肝宝贝、小皇帝、小太阳、娇嫩得含在嘴里怕化了，顶在头上怕吓了，弱不惊风，那样的脆弱。现在有了当兵的经历，一下子就变成威武强壮，铮铮铁骨的男子汉。部队生活，造就了军人的坚强，炼造了特别能吃苦、特别能战斗的硬骨头精神。一切艰难困苦，严寒酷暑，危难当头对当兵的人都不是什么战胜不了的。部队锻炼了军人的体魄，磨练了军人的意志，塑造了军人的品格。哦，新兵，经过严格的军训，不仅训练了过硬的本领，也培养了军人服从命令的天职。当年不听话的坏小子，训练成了服从命令听指挥、守纪律、懂礼貌的新战士。经过部队的锻炼，你懂得了站岗放哨是战士的使命，经过一次次的摸爬滚打后才真正的明白了战士有战士的性格。战士有战士的风度，部队生活使他懂得了人民的幸福安宁是一个兵的职责。

哦，新兵，看着这绿色的军营，看着这英俊威武的战士，你是否曾想到这一些人在家曾让父母费心的穿梭在游戏厅、网吧、歌厅，让父母寻找不听话的孩子，父母因孩子不听话，哭天抹泪的劝儿子不要再进网吧，好说歹说，都无济于事，让老师头痛的调皮鬼，如今成了英姿勃勃的新兵，威武端庄的军人啊！

一个新兵的军旅生涯，塑造了一个战士的钢强，也塑造了一个男人的风格，有了军营的千锤百炼，也就点缀了人生辉煌的一页，它是人生享用不尽的宝库。以后，无论你走到哪里，"军

人本色"都将使你终生受益。

新兵，这新的起点。迈向了成熟，迈向了成功，也开始了人生端庄的一步。啊！新兵，我为你庆幸，为你喝彩！你像幼苗，只有经过部队的培育才能苗壮成长；你是骄子，只有经过锻炼，才更可爱，才能成为真正的太阳，我真诚的为你祝福。

哦，新兵。

生死的距离

殡仪馆是一个既生疏又恐怖的地方，近几年连续去了三次，这条通往天堂的路让人震惊，给我留下了深深的思考……

我第一次来这里是一个朋友的妻子去世。逝者是一位上了年纪的老妇人，没有给我留下什么印象。2009 年第二次来这里，在我心里却产生了极大的震动。我的老师王敬平先生，因一次意外，突然去世，他是区内外有名的大画家，正值年富力强，事业鼎盛的时期。他的去世在宁夏美术界、教育界产生了很大的震动。出殡那天，银川殡仪馆汇集了宁夏美术、教育界很多有名无名的人物，是我见过最大的追悼会场面，人们为王敬平老师的逝去悲痛，遗憾，我也为逝去一个好老师，好画家感到惋惜。然而，他毕竟比我年长许多，他是名人，也是忙人，平时和我没有多少接触，那种伤感很快就过去了。

今年 3 月 28 日，我大学的同学端木莅健才 51 岁，因为心梗突然去世。3 月 30 日他的葬礼在银川殡仪馆举行。这一天是清明节前最后的一个星期天，所以前往殡仪馆、植物园陵区的私家车排起了长队，交通堵塞，很多交警在这里执勤疏通道路通行。生者对死者的纪念活动都聚集到这条通往陵区、通往殡仪馆的路上，生死的概念在人们心中缠绕着。

殡仪馆的 3 号吊唁厅，端木莅健的遗体安详地放在这里，

他的妻子和孩子哭得十分悲伤，惹得送葬的人都抹眼泪。他是我大学同学中最具才气的一个人，每次同学在一起，他总是最活跃、话最多的一个人，天文地理、风水八卦、饮酒茶道、美术音乐、建筑民俗等等没有他不知道的。同学聚会没有他在气氛就逊色多了，他是一个知识渊博，思维敏捷，记忆力很强的人，尤其涉及外国人的名字，一般人都很难记下，他都会滔滔不绝地让人插不上嘴。

大学毕业后，他先是当了几年中学美术教师，后来出去跑单帮，搞过装潢，搞过广告，一直没有什么气色。后来他又到浙江美术学院进修建筑设计。近几年在宁夏搞了几个酒庄的建筑设计，名噪一时。很多酒庄纷纷和他签约请他设计，当然收入也很丰厚。正当他的事业春风得意时他却突然逝去了，端木曾经让我写写他，我答应了。他说，你写我怎么写？我说，写你是秋树上长了个蒜苔。他说这话是什么意思？我说你是学画画的，却成了建筑设计师，那不是一个怪才吗？我一直想写写他的怪才，没想到今天却以这样近于祭文的形式写了他。

看着植物园陵区清明祭祀的车水马龙，看着端木追悼会上他的家人悲痛欲绝的样子，生与死的距离在交错着，生与死的概念在阴阳两界明晰地在人们面前展示着他的可怕性和未知性。

过去几十年，我们还年轻，我们接触的人还年轻，生死的概念很模糊。现在我们渐渐老了，我们接触的人也渐渐老了。特别是近几年来，我熟悉的很多年轻有为的教师、画家，一个个突然的离去，让人震惊。

三次来殡仪馆，一次比一次让人震惊，一次比一次让人可怕。端木是我的大学同学、同室，比我年龄小，是我身边活生生的人。追悼会后，一个同学说端木是我们班最早逝的一个，开了个坏头，可怕啊！

生与死的概念随着我们年龄的增长，已经变得不是十分模糊，而是越来越逼真、逼近，我希望这条通往天堂的路离我们远些、更远些……

愿我的亲友，我周围所有的好人健康长寿。

走近日本人

日本国家，日本人着实使近代中国人饱受了磨难。这个小小岛国的小个子人种，把个泱泱大国、历史悠久的中国欺负了几十年。只有在中国共产党领导下，经过了十几年艰苦卓绝的斗争，在外力和内力的作用下才把这个小小岛国的小个子人种赶出了中国。日本人侵华时灭绝人性，干了很多残害中国人的事情。当时无力抗敌的中国人只能痛恨，咒骂小日本鬼子是阴曹地府阎王殿的小鬼。中国人形容日本人是小鬼子。日本用战争占领中国的野心失败沉寂了几十年后，又用商品占领了中国。小日本人够聪明的，用他们的商品抢占了中国的商品市场。这种占领不亚于战争的掠夺，中国不知不觉又被日本商品占领了，但是这种占领比战争侵略文明，比战争容易让人接受。改革开放，大搞经济建设，中国人对日本人表现了很大的宽容。

小时侯，认识日本人都是从电视里、小说里认识了松井、龟田、山本、猪头小队长等。现在日本人到中国来规矩了、友好了。他们来旅游、办公司成了贵宾，中国人由过去对日本人的痛恨变成友好了。

我第一次见日本人是带学生到西夏王陵写生时碰到的，他们很友好的邀请我们座谈、照像。我受过去爱国主义教育影响太深，对日本人有成见，我不愿和他们答话，他们热情的要和学生们照像。我只是勉强的应付着，照完像过了不长时间，竟然收到他们从日本寄来的彩色照片。那时候彩色照片还不多见。看到我站在日本人中间不屑一顾的样子，自己都觉得好笑。学生们每人都有一张相片，大家当然很高兴。日本人在挂号信里给我写了一份热情洋溢的信，一份是日文，一份翻译成中文。

去年我去四川万洲，朋友邀请我到万洲吃有名的火锅，同桌被邀请的还有一个日本人，是一家日本在华企业的老板叫稻耕。我们一边吃，一边聊天，当时全国上下都在谈论河南最大的银行盗窃案，我问他日本有没有抢银行的，他说有。我说在日本是不是人人都有别墅，都有小轿车，他说不是。我问，日本文字中怎么有很多中国的汉字，为什么读音和中国的汉字不同呢？他说是学中国的汉字。我问他知道不知道唐朝的鉴真，他说知道，说日本现在还有鉴真庙。我问他知道徐福吗？他说不知道。还问了一些历史问题和日本的画家，他一概不知道。我说看来你是只知道弄钱，念书时也不是个好好学习的学生。我告诉翻译这话不要翻译，日本人硬要让翻译给他翻译我刚才说的什么，翻译给他翻译后，他笑得前仰后合的说，哈依，哈依。饭桌上，日本人很友好的给我们介绍日本人的生活习惯。他说他崇尚中国文化，更喜欢吃四川的火锅。这是我近距离的接触日本人，和日本人谈论最多的一次。日本人的长相和中国人没有什么区别。不说话你根本无法知道他是日本人，眼前的这个日本人是那样的友好，那样的彬彬有礼。我常想是什么原因日本人现在和我们友好了呢？当年的日本鬼子为什么那么凶残？如果中国还象日本侵华时那样贫穷、软弱，现在的日本人还会像现在这样和我们友好吗？

那年我去北戴河旅游看着"求仙入海处"这几个大字时，

想象着当年秦朝的徐福带着 100 名童男童女从这里入海，远渡东洋去求仙，一去再无音讯的事情，就浮想联翩。当年的徐福到底到哪里去了？有人说到了日本定居，给日本国留下了中国文化，留下了中国人种。但无历史记载，无法考证。可日本确确实实受中国文化影响很大，日本现在的房子，就酷似当时秦朝徐福出海时的大秦建筑风格。日本的和服、美女发型、文字等等，都极像中国古代的文化的部分。在日本仍有徐福庙。日本人无疑是一个要强的民族、一个充满智慧的民族也是一个值得警惕的民族，和他们打交道，我们要友好，要警惕，更要自己有更大的强势。

在新疆吃拉面

　　暑假期间，热浪滚滚。我们一行人坐汽车从那拉提草原经过了六个多小时的奔波，翻过了美丽的天山，这里的田野上长着各种秋作物，钻天的新疆杨把无边的秋庄稼分成一大块一大块的农田。经过了无数的险关弯道，冰山雪峰，在大山里绕了四五个小时，出了天山，一马平川的奎屯给人一种宽广、舒服的感觉。到达奎屯，过去从来不知道奎屯这个地方，很多内地的犯人跑了后都往新疆跑，前几年从电视中看到罪犯白宝山藏匿到新疆奎屯的故事，才知道新疆有个奎屯，多少有些神密。

　　第二天早晨我们一行人无意间来到兵团客运站斜对面的一家装潢漂亮的清真餐厅，特别是他那夸张的招牌"天下第一面"。出于好奇，我们一行人就走进了这家面馆。店堂装潢的很独特，特别是室内特别的干净，服务员对顾客热情适度，服务周到，给人随和亲切的感觉。不一会儿一碗牛肉面是用一个盘子端上来了，在这个盘子中除了一大盆牛肉拉面，还有一双消过毒的筷子，一张餐巾纸，一盘小菜，一碗热面汤。这里的碗不同一般牛肉拉面的大海碗，是一个如同一个不小的面盆。这个碗比一般拉面的碗大的多，因而汤也盛的特别的多，汤多味自然美，拉面又光又筋，一股说不出的香味沁人心脾，吃的我浑身冒汗。

吃饱喝足我才慢慢巡视这屋内的装饰；一进门整个东墙上一个巨大的喷绘，绿底白字写着："把饭馆像家一样的经营""家"字是一个棱形的底字上的大红字，别的字都是一色白的。这种经营理念让我暗自佩服，很多人开饭馆对待顾客冷酷冰霜，饭菜端上来你爱吃不吃，好像应付差使。如果把饭店像自己家一样的经营，那生意一定会很好！顺着视线，墙上有两个大牌匾。一个是赠马有布牛肉拉面馆"金城正宗"，落款是中央电视台《牛肉拉面的故事》摄影组。另一个是"中华老字号"落款是中华人民共和国国内贸易部。西墙上是一个巨大喷绘介绍牛肉拉面的历史、特点。

　　看了这些，我默默的佩服，怪不得这家的牛肉面如此好吃，临出门我又认真的看了看这个饭馆的牌子上写着："兰州马有布牛肉拉面，历经祖辈三代人的探索终于创出一清、二白、三红、四绿、麻而不闭气，辣而不烈，汤鲜味浓，香气溢人的独特风味。马有布牛肉面以优雅的环境，真诚的态度，工薪的价格，热忱的服务，欢迎您的光临。"

　　西北人吃面的方法多种多样，我也特别喜欢吃面，也吃过很多西北的各种面食，唯有在新疆奎屯吃过的马有布牛肉面最美，说他是天下第一面有点喧，但它的确是我吃过最好的面。离开了新疆奎屯，我还久久回味着那小盆一样汤宽面筋、味醇的马有布牛肉面。更敬佩他那"把饭馆像家一样经营"的经营理念，那才是他经营饭店的秘密，也是他财源不断的源泉，更是我们做人、做事、经商的典范和法宝啊！

上班的感觉

过去在农村的时候，农民干活，无论做什么都叫上工，而城里的人把干活叫上班。那时候无论城里人干什么活都叫上班的感觉着实让人羡慕。"谁谁在哪里上班着呢……"那是一种另外一个阶层的荣耀，是区别农民和工人、干部，区别于农村人和城里人的称呼。

我大学毕业后，参加了工作，在我的周围再也听不到"上工"一词了，习惯了"上班了""下班了"的称呼。从农村到城里把干活的称呼改成了"上班"，产生了质的变化，由农民成了上班族。从此我再也不把干活叫上工了。"上班"叫了几十年，体验了从"上工"到"上班"的不同感受。当农民上工的时候，干的是又脏又累的苦活，收入少，回报少，没有节假日，没有休息日，除了过年休息几天外，只要天不下雨，就没有个休息的时候，上工是生活在社会最底层人们的一种劳作，特别是过去生产队的时候，那种苦役般的上工，干活的人没有自由，队长打铃上工，必须由队长带着，统一休息，不能随便停工。队长说干多长时间就干多长时间，没有劳保，没有福利，没有工资，每天干活记的是工分，一年到头用工分折合人民币。一个强壮劳力每天 10 分工，折合人民币 0.7 元。一年到头扣除口粮钱，所剩无几。平时农民手里没有钱，干一年活，到年底才能算收入，

村上的长款户一年的收入也就是几百元，短款户干了一年活还要欠款。这一年之中只干活，不发一分钱，这是"上工"和"上班"的最大区别。而"上班"的人，每月工资按时发，挣多挣少，月月见钱，还有星期日，节假日，除了月月的工资，还有劳保，有福利。上班的人工作期间有事还可以请假，还不少拿工资，比起"上工"的农民就自由多了。上班的感觉真好啊！

然而，现在的上班族，面对着下岗，面对着提前退休，面对着下海，对要不要再继续"上班"却又有了不同的感受。

"上班"意味着吃公家饭，意味着受单位的约束，旱涝保收，吃不肥，也饿不死，生活平平稳稳，不会大起大落，工作循规蹈矩，求个安逸。能混个一官半职，就是上班族的最好结果，混不成一官半职，图个安稳，少吃苦操心也不错。有的上班族看到自己在官场上没有盼头了，或者提前退休，或者下海发财，也就脱离了"上班"约束。我上了几十年的班，既没做官，也没发财，但也在海边徘徊了几年，脱离了几年的上班约束，最终还是守住了"铁饭碗"，守住了"上班"。上班按捺了我桀骜不羁的性格，使我学会了忍受，学会了和人相处。

人生的路，有各种各样的选择，没有绝对的错与对，怎么走都行，只要能走通，只要你高兴，官也罢、民也罢、富也罢、穷也罢，官有多大才是个够，钱有多少才知足，关健是有一个健康的体格，健康的心态，有吃有穿，日子能过得去就应知足，任何事情总是有得有失。比方"上班"比"下海"安逸，却不可能像"下海"那么自由，"下海"有可能成百万富翁，也可能成穷光蛋，"下海"更有利于事业的发展，"上班"可能一尘不变，不上班有不上班的自由，也有一种不上班的失落，不上班的时候，在家里睡几天也没有人管，没有时间概念，没有任何约束。如果没事干，不玩麻将打牌就只能看电视了，时间长了也心慌。

上班必须按时按点，必须天天和单位的人相处，低头不见抬头见。单位大小的领导都管人，一般都是"掌柜的有理官有理"，你要在单位混得顺溜，你就得听话，就不能有个性。一般真理都在主要领导一边，你得看风使舵，学会察言观色，在单位少说话，多干事。如果得罪了领导，你就得罪了一大片人，那就有受不完的气。

上班有一种组织的依靠，逢年过节单位发一盒月饼，发一箱苹果，虽然解决不了什么问题，也是一种组织的关怀，偶尔单位的人聚到一起吃顿饭，搞个活动，给人一种融融的集体荣誉感，大小有个单位总比没有单位好啊，国家政策，中央文件一下来，总是单位的人先知道，遇到重大活动单位的人都参加，而不上班的人，脱离了组织的人虽然自由的没人管了，但轻松中又有了一种无靠的感觉。同样是一对夫妻打架，不上班的夫妻打架不受时间的限制，可能从早晨打到中午，也可能一走了之，让对方几天找不到人。而上班的夫妻打架不管得多凶，一到上班的时候，自动熄火停战，各自到各自的单位上班，还都要装出若无其事的样子。

现在，提前退休的人、下岗不上班的人越来越多了。上班的人羡慕不上班的人自由自在，而不上班的人在经历了一段闲散后，又觉得空空荡荡，无所事事，没有时间观念，不受上班的约束，时间长了也觉得生活无味。其实人还是要在不断追求、不断工作中才能显示旺盛的生命力。让我们珍爱"上班"，以昂扬的活力对待"上班"，不断进取，迎接每个新的一天。

我的四张办公桌

　　我现在事情做的不怎么样，谱却摆的可以。从单位到家里，有四张办公桌每天伴我工作学习，生活丰富多彩，其乐融融。

　　我每天走动时伴随我的是一辆踏板摩托车，繁忙的在这个县城奔忙着，坐下来就是不同位置的四张办公桌，四点一线就是我活动的圈圈。每天天不亮我就起床，洗漱完后，就在家里书房的写字台上写字、看书。这是十年前我自己设计，按照使用的需求，自己画图、设计样式和尺寸请人制作的市面上没有的独特的大板桌。这个大板桌，有放书的书架，存画的柜子，放颜料的格子，一个美观别致的大板桌，给我的书房增加了一种大气、庄重的气氛，朋友来了，赞不绝口，讽刺我说："一看你这桌子，不知你能搞多大的学问？"我常常坐在我书房的大板桌前，靠着高档的大转椅，悠悠然，飘飘然。妻嘲笑我："样子摆的可以啊！"我没当官，摆不了公家的谱，坐不了公家的大台板只能坐自己的，这是属于我的天地啊！

　　早餐后，骑上踏板车到家对面一百米外的文化馆上班，又坐在了文化馆办公室的写字台上。这是单位统一购置的比较高档的办公桌，我在这里撰写公文，创作作品，我干完了自己的事后，坐在单位的办公桌前，心里十分踏实，或者到单位五楼我租用的画室的办公桌前，心中充满激情。这是由四张课桌拼起来的一个大画案，这里是我真正施展才能的地方。我学的是绘画专业，由于工作关系，我现在干的是文学创作。以前的正业现在却成了副业。只有站在画室的画桌前，我才能得心应手的干我所学的绘画专业，才能恢复我对绘画的钟爱，才能有一种回归自我的自由和惬意。有时候杂事忙，顾不上做画，也要抽空到画室的画案前小憩片刻，寻求一种宁静、寻求一种渴望，一种思绪。这里是这个县城的最高点，也是最清静的地方，一般没有人来这个地方，这里是我的一块天地，是我的心灵栖歇所在，我的心在这里才能宁静。学生家长看了我画室的大画案，说我像个大画家，其实这个画案，如同摆饰，一年之中也画不了多少画。由于单位和家里的杂事多，我很少有时间悠闲的在画室作画。尽管这样，这个画案仍是我的精神依托啊！稍有空闲，我就抹上几笔，十分方便。

中午或者下午下班后，回到我的装潢店，这里离我上班的地方不到一百米。这是我工作之外的"自留地"，一份个人的第二产业，我的第四张办公桌，就摆放在营业房二楼靠窗户的位置。这是一套价格不低的大板桌，靠西墙上摆放着一排高雅的书柜，陈放着我的藏书和一些往来的帐目。在这个办公桌上，我多数写的是算账、设计等装潢部生意场上的事情，为生意繁忙着。大转椅的后面是我创作的油画，整个西墙上挂着名人字画，客户风趣地说："像个大老板，够牛皮的！"我把这里称做为"家外家工作室"。

有一段时间，我的四张办公桌上，竟没有一支能写的笔，我抱怨现在的笔假冒太多，妻悄悄的购置了四套办公用的钢笔、铅笔、小刀、橡皮、胶水等文具，分别放置在我的四张办公桌上，使我用起来得心应手。还在四个办公桌上分别放了四个不同的

喝水杯子，使我坐在这四个桌子时，随时都感觉像家一样的方便。我得意地说，我的四张桌子，如同我的婆姨，是我的依靠、是我的左膀右臂，我到哪里都有她的呵护啊！有时候一篇文章，写来写去，从家里带到单位，从画室带到店里，走到哪里，写到哪里，改到哪里，伴随我辗转于这四张办公桌之间诞生。

这就是我的四张办公桌，这就是我现在的生活。我的光阴就在这四张桌子之间忙碌着，一日三餐，四点一线。仔细想来，一个人同时有四张办公桌，左右开弓的写来写去的人不多，像我这样忙碌，没有结果的人也不多。我的生活还算丰富，谱摆的可以，可毕竟摆脱不了这四点一线的圈圈，我整天穿梭在这"四点一线"上，面对着各式各样的面孔，忙忙碌碌，周旋着，常常自叹不如。看着别人升官发财，我还围着四张桌子转，追求着一种理想，寻找着一份自尊。现在能有这四张桌子安稳的坐着，安心的做事，也算不错了，还要干什么呢？我自慰着，又自叹、自嘲着，唉！我这么辛苦，竟像阿Q一样的安慰着自己。不这样又能怎样呢？人常说："知足者常乐啊！"

我现在人到中年，既要尽心尽力的做好单位的工作，又要辛辛苦苦做装潢部的业务，既要保持教师的清高，又要努力摆脱教师的清贫，还要想入非非的做学问，忙来忙去，没有成绩，只是在理想中生活。也好，这使我总在不知疲倦，不知天高地厚的不断追求。也许永远没有结果，但是这种精神永远鼓励着我。

土豆情思

很多人赞美富贵的牡丹、高洁的梅兰竹菊，赞美高大的松柏，挺拔的白杨，然而，我要讴歌那不起眼的土豆。它有顽强的生命力。而廉价实惠的食用价值又是我们生活中不可缺少的食品。它平凡的不能再平凡，既可简单的洒一把咸盐或清水煮着吃，又可上国宴登大雅之堂，占满汉全席之一碟。细细想来，土豆的实用价值是任何名花贵草、高档蔬菜都无可比拟的。首先播种时，它不象其他的作物品种优选了还要优选，它只要从一个土豆上切一小块埋在地里，不要求土壤特别肥沃，环境特别优良，不要求特别的看护，只要有水分就能很快破土而出，长出嫩嫩的新芽。一场春风吹绿了大地，土豆那饱满幼嫩的新芽首先染绿了山山洼洼、沟沟坎坎，不择土壤，适者生存，哪里有土壤就能在哪里茁壮的成长。茵茵的绿色，首先向人们预报着一个丰硕的秋天！到了秋天，大地被土豆丰满的身躯撑开了美丽的泥土之花，农民看了脸上笑开了花。

秋天到了，土豆给人们带来了秋收的第一缕微笑，第一个希望，春天种下的一小块土豆到了秋天结成了累累硕果，疙疙瘩瘩，儿孙满堂的土豆给人们带来了无尽的喜悦，无限的希望。……生活中不吃香菜的人很多，但不吃土豆的人不多，香菜只是一种点缀，而土豆能充饥，能救命。土豆丰富了所有高

贵和贫贱者的菜篮子，蔬菜公司、淀粉场的收入翻了又翻。因为它，农民盖起了楼房，电话换成了大哥大，三轮车换成了桑塔纳。这一切都是不起眼的土豆给人们带来的实惠啊！

"洋芋疙瘩糊涂汤，把娃娃吃得白又胖"，这是一首老掉牙的家乡民谣，没有人否认她的现实性。在苦难的旧社会，在困难的低标准年代，土豆救活了无数人的生命。我特别钟情土豆，每次买菜都少不了买它，一是它便宜，二是耐存放，好储存，怎么做怎么香。每次到外边吃饭，我都少不了要上一盘炒土豆丝。

小的时候，姑姑每次到我家来带的最好的礼物就是土豆。煮上一大锅，还不等熟，我们就眼谗的流口水，真像过年一样的高兴。那时候，水煮土豆比点心都香啊！现在吃土豆都是炒着吃，很少水煮着吃了。去年出差到兰州，看到街上卖的水煮土豆真是兴奋，吃一口仿佛回到了小时候对土豆的稀罕了。过去困难时期，人们外出打工干活，水煮土豆就是一天的干粮，走亲戚看朋友有时也拿上水煮土豆当礼物，比今天提上点心都受人欢迎。

今年春天我出差到香港、澳门，所有的菜肴都吃不惯，唯有土豆还能吃。北方的菜走到哪里味道都差不多，而到了南方就不一样了，到了香港、澳门味道更不一样了，我实在吃不惯。然而，让我想不到的是在香港别的菜吃不惯，而土豆照样吃的有滋有味，我当时兴奋的说，土豆啊土豆，真是我的救命菜啊，这让我感慨万分。

让我们赞美土豆廉价实惠的食用价值，不卑不亢旺盛的生存能力，从不自持清高，默默的贡献精神，质朴顽强的品质。它比起我们身边那些无用好看的花枝枝真是太伟大、太圣洁了。

它是蔬菜中最普通、最实惠的极品。由此，以物拟人，我想到了我们生活中那些具有土豆品格的默默无闻的劳苦大众，那些没有名分，没有地位不被人看重的下层人群，他们是何等的伟大而高尚啊！看着年关将至，辛苦了一年的民工们为了讨要一年的工钱，上访、求情的样子，他们就像那些廉价实惠的土豆那样平凡、普通，他们是何等的可敬可爱，可歌可泣啊！他们用廉价的劳动盖起了高楼大厦，建起了优美的环境，自己累弯了腰，却不能再涉足他们一砖一瓦建起的豪华场所，然而，当有的人出入那些豪华场所挥金如土享受的时候，有没有人会想到感恩他们呢？

物以稀为贵。土豆之所以不被人重视，是因为它们是人类食物中最广大的群体，是最廉价、最普通、贫富皆宜之物，但是人们切莫忘记这正是土豆可贵的品质啊！它那不艳丽、不娇媚、不富贵却实惠、廉价的精神最值得我们感恩，值得我们难忘。让我们尽情的讴歌土豆，赞美那些具有土豆品质的人们，珍惜和敬爱它们的廉价和平凡吧！

乡下的亲戚

乡下人有个城市的亲戚，好像有个依靠，也是一个值得炫耀的事。但是乡下人和城里人的亲戚总是有层隔膜，这一点曹雪芹早就在《红楼梦》里，通过刘姥姥进大观园表现的活灵活现。

过去我家在农村的时候，有个沾不着边的亲戚在离家七八里路的车站小镇上，平时不多来往，只是每到过年的时候随母亲去小镇的亲戚家。车站上的小镇和农村差不多，只是人家是吃"商品粮"的，挣的是工资，不像我们挣的是工分，这让我十分的羡慕。小城镇里的亲戚家住的是公房，一米宽的院子，房子又矮又小，不像农村人的院子大、房子宽敞。城里人的房子小，吃饭的碗也小，平时在农村吃饭捧着大老碗，而到了城里的亲戚家，端上小小的碗，吃了几碗都吃不饱，只好罢休，饿着肚子回家。城里人吃饭不劝你，农村人劝着逼着你吃，我常说城里的亲戚"啬皮"。有时候家里急用钱，或者有什么事总是找城里的亲戚求助，尽管多数都是徒劳，可父母仍常常去求人家。

随着年龄的增长，我是越来越不爱去那城里的亲戚家了。人家嫌农村人脏，咱去人家也不自在。

现在我也成了城里人了，我所在的这个小城比过去老家小火车站城镇大的多了，我又成了乡下人的城里亲戚了。每次乡下的亲戚来我家里，我都让妻子做好吃的招待客人。常常有认识不认识、沾边不沾边的人来找我这个城里人帮忙。谁来找我，我无职无权，什么事都给他办不了，但是叁佰、伍佰的少不了常常救济，好吃好待也总少不了。次数多了，妻不耐烦了。我耐心地说服妻子，"好狗不咬上门客"，谁来了咱都不能怠慢。人常说："富贵不能淫，贫贱不能移"。

我的邻居王老师家里有很多就近的农村亲戚。她热情好客，人缘极好，她乡下的亲戚秋天送来了嫩玉米、绿豆子，冬天送来了老咸菜，各种农村的土特产一包包，一蛋蛋的隔三岔五的送这送那。他们有大小事情，总是来请王老师给出主意，从来不见她烦乡下的亲戚，这真是难能可贵。

我现在虽然成了城里人，毕竟是个小县城，比起省城的大城市，我还是乡下人啊！每次到省城的亲友家里，好像又回到几十年前在老家的时候，我这个乡下人到了小镇亲戚家的感觉了，那么拘谨，那么不知所措。我不明白，为什么越大的城市吃饭的碗越小？我以为他们也和我几十年前小镇亲戚一样的"啬皮"，所以吃饭也只好悠着吃，不敢放开肚子吃饱。我也像几十年前的父母一样，有困难就去求人家，尽管有时候，脸不是那么好看，门不是那么好进，还得厚着脸皮呀！这时候我才理解过去父母去求人家办事的难堪啊！城市越大，这个城市人的底气就越足，人家在城里有钱有势，你求人家，你就必然低人三分啊！

感受了别人对我的冷淡，我就更小心的对待城里的亲戚，我更有自知之明，既要保持一种城里有亲戚的优越感，又要有乡下亲戚的亲和感和自尊感。人穷志不短，努力把自己的事情做好，尽量不给人家添麻烦。去人家里时打扮的体面一点，不

让自己太寒酸，尽量避开吃饭的时间去别人家里，吃饭吃半饱就行了。当然对比我低的乡下亲戚，我倍加尊重。我告诉妻子，有乡下的亲戚来家里吃饭时碗一律换成大老碗，一定要让他放开肚皮吃饱吃好，千万不敢冷落了乡下的亲戚，爱人仁爱，是人之根本，千万不能势利眼啊！富有的不要自大而吝啬，贫穷的也不必可怜兮兮，低三下四。

我记着母亲说过的话："吃不穷，喝不穷，计划不到一世穷。"客人来家里吃一顿饭有什么了不起的呢？何必那么"吝皮"呢？

娘　家　路

　　娘家是女人的根。农村刚出嫁的女人回娘家是一年当中最美好最快乐的事情，娘家是嫁出去女人的港湾，也是嫁出去女人的后盾。今年六十五岁的王探春说起她回娘家路却有一段不寻常的经历。

　　王探春是她妈在闹饥荒逃难的时候在半道上送给人家当童养媳的，当年她十四岁被送给一家姓陈的人家。十五岁陈家就给她上了头（结婚）。陈家的人没有请客，没有给她买一件新衣服，也没有给她娘家的人通知，自己在家里放了鞭炮就算结了婚。第二天王探春就和比她大十岁的女婿陈老大回了娘家。这是她第一次回娘家，却使她终身难忘。王探春的母亲当时还在地里干活，听说女儿回来了，身后跟着新女婿陈老大，妈问女儿，这不过节不过年的你提上大白蒸馍来干什么？王探春怯生生地说："妈，人家给我上了头，我今天是回娘家的。"

　　她妈听了女儿的话如五雷轰顶，顿时，一屁股坐在地上放声大哭，捶地顿足的嚎啕大哭，一边哭，一边骂："坏了良心的陈尚德啊！你给我女儿结婚怎么不告诉我啊，我的孩子才十五岁啊，你缺了八辈子德啊，造孽啊！"看到母亲哭成这个样子，王探春吓得直哭泣，不知道该怎么办。

　　王探春哭了一会儿悄悄地走到妈妈跟前说："妈，算了，

别哭了，这是我婆婆让带的大白蒸馍。"当初王探春的妈逃荒到陈家庄遇到陈尚德，陈尚德就是给了王探春妈带的几个孩子每人一个大白蒸馍。王探春的妈才把王探春白送给陈家做童养媳的。在饿死人的年代，一个大白蒸馍能值一条人命啊！现在，看到一篮子大白蒸馍，王探春的妈一骨碌爬起来，举起馍篮子就砸到地上，然后一脚踢出老远。

王探春的妈把新女婿赶出了门，把女儿留在家说再不让女儿回陈家庄了。王探春的父亲是个老实忠厚的庄稼人。他说："算了，生米已做成了熟饭，咱家的娃娃多，有什么办法？在这个饿死人的年月，能活命就不错了，就让孩子回去吧！"

王探春新婚第一次回娘家就是在这样难堪的情况下度过的。临回家的时候，她妈把她叫到跟前说："你回去告诉陈尚德那个大骗子，他不能不讲信用，他不是答应拿你给你兄弟换媳妇吗？怎么不通知我就给你上了头呢？让他别忘了他的承诺。"

王探春一路上哭着回到了婆家陈家庄，她人生第一次回娘家就给她留下了一个沉重的伤痛。

结婚第二年，王探春刚十六岁就生了一个可爱的女儿。以后每年夏收后和春节回娘家，她一手抱孩子，一手提包袱，步行三十里路回娘家，常常是三十里路走一天，早晨早早起来就动身走。走的时候大包小包的给娘家拿东西，不是拿上大白蒸馍就是给兄弟带上铅笔本子。可一上路越走越沉，走不动的时候就自己给自己鼓劲，给自己树立前面的目标，心里说再走几步，到前面的电线杆跟前歇会儿，再走走，到前面那颗大树跟前再休息。好几次走到半道就天黑了，就在路边的村子找熟人家住一晚上到第二天再往娘家走。

回到娘家爹妈自然是高兴万分，在娘家住几天歇好了又要回婆家，又是一番长途步行。临走王探春的妈又叮嘱她："回去告诉你公公陈尚德，他答应拿你给你兄弟换媳妇的事情可别说话不算数？"王探春说："我不敢对我公公说这话。"话没有说完她妈那暴躁的脾气就犯了，乱骂一顿，王探春就又哭着回婆家，多少年通往娘家的路就是一条眼泪路。

　　后来过了几年，王探春家的日子越过越好了，有了自行车，她再回娘家就方便多了。刚开始骑自行车还不太熟练，有几次到水渠或者路不平坦的地方车子摔倒了，把孩子跌得哇哇的乱哭。以后骑车子每遇到小水渠或者有不平坦的路，孩子都老远地哭着叫着："妈妈，快别骑了，前面又是小水渠，不要摔倒了，赶快下车子，我害怕。"

　　刚开始骑自行车回娘家，一路摔了无数次，到了娘家，车子也摔坏了，她和孩子也摔了一身的伤。虽然一路上吃了很多苦头，摔了很多跤，毕竟比步行快了很多。那年月很少有人骑自行车，王探春一个女人能骑上自行车，更是少有的幸福。过了几年，王探春有了一个儿子，三个女儿，一大家人回娘家的时候，女婿陈老大是队长，套上队里的牛车，拉上一群孩子，带上自家产的大米、花生、香瓜，一家人幸福地回娘家。回到娘家惹来娘家一村的人看稀罕。对于贫困的娘家人，王探春的到来就像过年一样的高兴，几个娘家兄弟把王探春的几个孩子爱若宝贝。王探春的到来不仅给娘家人带来了好心情，也给几个正在上学的兄弟带来了铅笔和本子。王探春一回到娘家也很高兴，她能说会道，总给家里的人讲一些轶闻趣事，回娘家给两家人带来了很大的乐趣和幸福。

　　后来王探春的妈有病了，王探春每次高高兴兴的来，转完娘家回去时看到母亲病的样子又是含泪离别。

　　如今几十年过去了，当年的童养媳王探春已是儿孙满堂的老太婆了，娘家的父母早就去世了，几个兄弟也都各自成家、各奔东西了。娘家的村庄经过几次动迁，已和过去大不一样了，回娘家的道路也发生了很大的变化，原来的羊肠小道不见了，路边的皂角树、钻天杨没有了，昔日的荒凉没有了。过去步行三十里，路上人烟很少，村庄很少，现在道路变成了宽敞的柏油马路。父母去世后，她很少回娘家了。老公公陈尚德常常给她说："娘娘爸爸是娘家，哥儿兄弟是邻家"。

　　父母在的时候，娘家是出嫁女儿的港湾，心里有事了，家里有矛盾了，回娘家住几天气就消了，父母不在了，兄弟们各有各的光阴，互相走动也越来越少。现在儿子孙子都有小汽车了，再回娘家开上小汽车方便多了，过去步行走一天的路程，现在不到半个小时就到了，坐在舒适的轿车里，王探春常常不厌其烦地给孩子们讲通往娘家路上过去的多少辛酸，现在她坐在舒适的轿车里，车走在过去苦难的娘家路上，并不感到有多幸福。过去回娘家步行三十里，连滚带爬，身体累，心里热，路上千辛万苦。回到娘家屋，母亲高兴的合不上嘴，给她做好吃的好喝的。她向母亲讲在婆婆家的苦闷和快乐。有时候和陈老大闹了意见，回娘家一住十天半月不回去，陈老大一次次套上牛车来请她回去。直到陈老大终于认了错，她才高高兴兴的回去。现在父母亲都不在了，兄弟们如同路人，好多次逢清明她来给父母亲烧纸，兄弟家的大门都紧锁着，她连一口水都喝不上。她一肚子话都没有地方诉说，这时候王探春站在这条沧桑巨变的娘家路上才想起她公爹陈尚德给她说的那句"娘娘爸爸是娘家，哥儿兄弟是邻家"的古训，感慨万千。

娘家路是一条眼泪路，幸福路，沧桑路啊！

夏天的女人

夏天来了，一个色彩缤纷的季节，把人间装扮的异常美丽，人们表现的非常活跃、兴奋。夏天的女人更是美丽，与花媲美，竞相争妍，纷纷竞美，把一个色彩斑斓的夏天点缀的更加丰富多彩。夏天走在大街上，往日稀疏少人的街头，突然美女如云，如同一个个多姿多彩的服装大赛，仿佛置身于一个美女荟萃的世界，万紫千红。

人常说："冷了冷个人，热了热大家"。冬天的世界把人们的穷富差别明显拉开，富人一身的穿戴几千几万元的都有，而穷人仅以遮体保暖为主，不乏臃肿，冬天的衣服相对显得单调，而有钱的女人则浑身珠光宝气，由于严寒也被那华贵的服饰包裹的严严实实。夏天对穷人是一个如鱼得水的季节，没钱的女人花五六十元从商城的批发摊子上就能买一身像模像样的衣服，照样能把她美丽的身段，窈窕的胴体打扮得楚楚动人、魅力无穷，但如果是冬天，五六十元绝对买不了一身衣服，连防寒保暖的问题都解决不了，何以谈美？夏天是女人的世界，夏天给女人提供了一个创造美的机会。夏天到了，有钱的女人，可以尽显身上的各种首饰，轻巧飘柔的服饰，美丽的化妆，把一个有钱有品的阔妇人的美丽毫无掩饰的展示给人们。走在街上的美丽女人，漂亮服饰，就是一件生动感人的艺术品，给人以美的享受、美的感染。美丽漂亮的女人，打扮着自己，也美化着社会，看着也让人心里舒坦。不是吗？看一朵花比看一棵草美。夏天到了，没钱的女人，也显示出她往日少有的美丽，单薄的服饰，把女人美丽和身体全部凸现给人们，该高的地方毫无掩饰的高耸，该凹的地方，神密而又诱人的隐藏，给人以极大的美感和想象，因而夏天的女人最美。夏天最能表现女人的人体美，人体美有深邃的学问，含蓄的语言，摄魂的魅力，有大浪淘沙、有黄土高原……夏天有钱的女人除了多彩的衣服，还有高档首饰的点缀，显得富贵华丽；没钱的女人戴一条假项链，或者一个廉价的装饰，低档的耳环，照样质朴的美丽，冰雕玉凿般的妙趣天成，恰到好处。夏天，富人和穷人同样可以展示她天然的俊，人为的美。夏天的女人，搭一把西花洋伞，或红、或粉、或黄，漫步在红花绿草的背景中，那是一种极美的点缀。特别是黄昏时分，一对对年轻男女，一对对老年伴侣，穿着或轻巧美丽，或清雅简洁的服装，漫步在落日的余晖中，或林间、或公园、或街道，那种悠闲的心态，多彩的衣着，使人倍感生活的美好与惬意。夏天最美丽的还是那来来往往的女人。哪里有女人，哪里就有缤纷的色彩；哪里有女人，哪里就有一份美丽，一份希望，就有一份生活的鼓励，未来的招唤，更有一份尽善尽美；哪里有女人，哪里就有一份母爱的纯真，就有一份绵绵的恋意，就有一个个可歌可泣的故事。一个女人一台戏啊！

夏天是女人的世界，夏天的女人最爱美。多么不讲究的女人，夏天穿的衣服也比平时丰富。夏天的女人也特别的爱干净，特别是农村的小河边，一群群的女人，在清清的河水中舒适的洗着，嬉嬉着，那种旷达，那种惬意是其他季节没有的，夏日

乡村村姑头上的一束小花，一腿泥巴，体现了女人对夏天的热爱和亲昵。夏日的凉风，把田野劳动的妇女，吹拂的楚楚动人，飘曳的长发，优美的衣裙，依附着农村女人健美的身段，美不甚收。

夏天的女人在一块，那简直就是一个服装展示会，美人大比赛。所有的女人各有各的美丽，各有各的特点，几乎找不出穿同样的衣服。发型更有特点，有的泼开她那瀑布一样的秀发，有的扎一个发簪；有的扎一个马尾辫。现在的女人在一块，就如同世界各国女人的发型比赛，有的金黄，有的乌黑，还有的染成各种颜色的彩发，甚是迷人。服装更是各式各样，多姿多彩，传统的旗袍显示了女人节奏感很强的身段，超短裙、连衣裙，表现了女人活泼动人的娇艳；小背心，超短裤，展示了女人的人体美。

画家韩美林评论女人体说"在艺术作品中，那里有千古文化，高山流水，有绿草茵茵；有震撼、有哀怨、有火焰，也有醉人的温馨。在艺术家的眼里，还有深不可测的联想，宏伟的框架，绵绵的情丝，道不出来的柔情，悟不出的装点，花了眼的色彩，是活脱脱的艺术真人"。

今年夏天，女人的服装，最亮的应属白色的裤子，淡蓝或淡绿，浅色的半截袖的上衣，给人一种清新、淡雅、凉爽的感觉。一色黑的裙子，给人一种典雅庄重的感觉；淡黄的服饰给人一种高贵、娇柔的感觉。总之，夏天是一个万紫千红，万物竞争的世界，也是女人尽美尽善，全方位展示女人美的季节，夏天是女人展示人体美、个性张扬的季节。夏天的女人最开心，夏天的女人最煽情。

夏天的女人真美！

矫枉过正的爱

前些日子，报纸、电视上报导了某大学教师在规劝学生好好学习立志成才时勉励学生"读书学本事，不愁金钱美女"，结果被校方开除了。很多人拍手称赞，认为大学教师给学生宣扬了资产阶级腐朽的享乐思想。我感到骇然，不知如何评判这种事。然而，面对成群结队的中学生虚度大好的时光，装饰的奇奇怪怪，不学无术，整天出入于低级趣味的歌厅、酒吧，男男女女招摇过市，无论街头、学校或商场、公园，如无人之地的搂搂抱抱，近于下流无耻的行为，实在让人痛心啊。每看到学生家长痛苦的穿梭在电子游戏室、网吧，呼唤儿子、女儿回家的样子，每看到那些豆蔻年华的青春少男少女们，把在歌厅的歇斯底里的呐喊当作快乐，把无休止的上网聊天，过关斩将的打游戏当做享受的时候，做为教师，做为家长，我们已经把传统的那一系列的说教，重复得不能再重复的时候，我还能有什么办法？我推心置服，贴心贴肝的说："同学、孩子，好好读书吧！学好本事，长大了成为国家、社会的有用之才；同学、孩子，好好学本事吧！从小不努力，老大徒伤悲，学下本事是你的谁也拿不走，做人应志当高远……我引经据典，说的自己唾沫飞溅，头晕目眩。然而，我的教育对象却头摇得象拨浪鼓，不屑一顾的撇了撇嘴："老土、傻冒，不会享受……"

　　享受是人的本能，贪图享受是人性恶的一面。享受有享受的原则。人的本能应该是生存、享受、发展。生存是第一位的，只有生存了，创造了，才能享受，一个人的享受首先是建立在创造上。没有创造的享受，只能是寄生虫的生活。只有劳动创造带来的享受才是真正的享受。没有发展的享受，也是不长远的享受。特别是青少年学生，正是学知识、长身体、学本领的时候，首先要解决长大以后干什么，也就是生存的问题。生存都解决不了，何谈享受？必然毁了美好前途，这对一个成长中的青少年是极其有害的。再说，何为享受，那些寄宿学校的大中专学生，大多数都是家在农村，父母并不富裕的农民，靠他们微薄的血汗钱供养孩子上学，希望孩子到中学、大学学习本事，每个月寄给孩子的钱不会很多。我做为老师，做为家长看着那些无知的学生不珍惜学习的机会，把出入打游戏、上网聊天、一盘小菜、一捆啤酒当做享受，不知道他们父母为供养他上学面对黄土背朝天的可怜，不知道他把这无聊当做享受的羞耻。当我把平时教育学生，烂得不能再烂的大道理，说来讲去不起作用时，我痛心疾首的骂道，你们这些小王八蛋知道什么是享受吗？只要你们学下本事，长大了有了金钱，什么样的享受没有？看着一对对男女学生，楼楼抱抱的样子和那些流氓、阿飞有什么两样？这时候我才突然觉得那位大学老师教育学生，读好书金钱美女都有了的论调，那是多么诚心无奈的规劝啊！听起来偏激，但也不无道理。那是被那些无知学生贪图简单的享受，放弃追求所逼迫的发自内心的呐喊啊！那是一个老师无奈的谴责啊！也是一种矫枉过正的教育方式，所以我觉得人们不应该过多的指责那位大学教师。

日子的味道

　　每一天的日子，无意间就从我们身边走了过去。无数个日子，在人生的漫漫岁月中悄然消失。时间的长河是无限的，而人的生命是有限的。一个个三百六十五天度过了一个个人的如梦人生，有的壮烈震撼，有的平平淡淡。时间的脚步是不以人的意志为快慢，它分分秒秒不计较得失，不顾及恩怨。它不管有人度日如年的感叹光阴的难奈，不管有人怨时间的匆匆太短。每一天的光阴不是踏着战争的腥风血雨，漫过人间的悲欢离合，就是伴着岁月的日新月异，越过历史的沧桑巨变。每一天的日子，日出日落，平平常常，每天的日子是一个不食人间烟火的转轮，它公正无私，执著的履行它无止无休的旅程。就是这一个个平平常常的日子，却让不同的人感受到日子不同的味道，因而有人说日子是温馨的甜蜜，有人说日子是如诗的无休止的奋斗，有人说日子是度日如年的煎熬。每天的日子对有的人是个好日子，值得庆幸，对有的人就是坏日子刻骨铭心，不忍提及。每天的太阳都是新的，每天的日子都是平平淡淡的，它无声无息从人们暂短的旅程中走过，给社会留下了历史上的今天，给个人留下难忘的记忆……

　　过去的日子是无法改变的记忆，未来的日子，给人们给予无数的寄托，无限的希望，它固执地向前，一刻都不停缓，从

不考虑个人的意愿。

对明天的日子，有人怨天，有人怨地，有人盼天晴，有人盼天阴。"十年不下雨，还有怨天人"。有人久旱盼好雨，如饥似渴，有人搞庆典盼天晴。各人有各人的情况，每一个人有每一个人的需求。时间老人无视人间的种种愿望，义无反顾，分秒不停的向前，一天又一天，一年又一年。自己的事情自己去做，无论运动赛场上运动员为 0.001 秒的遗憾，无论是胜利者的狂欢，还是愤怒者的呐喊，时间都静静地流去，不顾不管，日月常新，地球照转，天还是昨日的天。

日子的味道到底是苦还是甜？让我们认真生活，努力吮吸日子的甜蜜，愉快地度过无数个 365 天，尽情地享受生命，享受时光，享受快乐，享受幸福。

"心由事造，事在人为"好日子是由好心情所致，好心情要有个好心态。要靠自己努力开创每一个有意义，有收获的好日子，不同的生活态度不同的人生观，不同的作为，就会创造不同的收获，日子的味道也不尽相同。

幸福是一种感觉

　　人生在世，无论生在哪里，干什么工作，都在为生存而努力。人们的种种行动，都是为了不断的提高这种生存的质量，创造幸福生活。大千世界，芸芸众生，每一个人都在不断地在追求，又都没有个满足的时候。求功名，求工作，求房子，求金钱，求官职，一切的一切。人心不足蛇吞象，只要人活着，就会为之不懈的奋斗。穷光蛋也罢，富翁也罢，普通百姓也罢，皇上高官也罢，谁都没有个知足的时候。人们这种贪婪是无穷无尽的，它伴随着人们的生老病死，决定着人们生存的质量，决定着人们的幸福生活。

　　追求是无穷尽的，欲望也是无穷尽的。得与失对人的幸福生活，有很大的作用，但不是绝对作用。家有万贯的人不一定就比一个穷光蛋活的快乐。官位显赫的人，不一定就比一个普通百姓活的幸福。幸福是什么？不同的人有不同的认识，不同的追求，不同的理解。农民靠一年的辛苦获得了丰收，劳动后的喜悦是一种幸福。拣破烂的拣到一堆破烂就感到幸福，煤矿工人多挖一吨煤，炼钢工人多炼一吨钢就是一种幸福……

　　有人爱跳舞，有人爱赌博，有人爱冒险，有人爱娱乐，千人百众，人们对幸福生活的理解不同，感觉也就不同。作家说："人是一只羊，兴趣既是青草，又是鞭子，青草之外，即便是

金子与羊何干？即便是美女，与羊何干？即便是宫殿，与羊何干？"一位学生家长说："儿子不进网吧，能考上大学，就是我最大的幸福；一位农民说："庄稼能丰收就是最大的幸福。"一位癌症患者说："只要能多活一天就是幸福，"一位退休工人说："家里没有人住医院，没有人进监狱就是人生最大的幸福。"人生在世，官有多大是个够？钱有多少能满足？人常说："家有万贯，不过一日三餐，房有千间，不过睡床七尺。"只要没病没灾，就是人生之万幸，万福之最。人生在世，功名、财富是无限的，而人的生命是有限的，重要的是一种心态，一种感觉。摆正自己的位置，保持一种心态的平衡，才能感觉到幸福。

动物园里的狒狒王，平时都是它先吃饱喝足后，它发了命令后，别的狒狒才能吃。科学家做了个实验，把一个狒狒王和一个小狒狒分别关在两个笼子里，然后，饲养员把吃的东西先给成群的狒狒吃，被关在笼子里的狒狒王看到后，又气又急，咬牙切齿的疯狂反抗。平时都是它先吃，它不能容忍这种目无尊长的做法。而另外一个笼子关的小狒狒显得很平静，因为它平时看惯了狒狒王吃完后自己才吃的情景，因而，小狒狒不急不恼。后来，科学家检查发现，狒狒王气得血压增高，动脉硬化，很快就脑溢血死了。死了，一切都完了，所以说，摆正自己的位置，保持一种心态，是最大的幸福。单位的楼道脏了，你主动打扫干净了，给人一种美感，你感到既锻炼了身体，又做了好事，你的心态平衡了，你就会感到舒服，就有一种劳动后的幸福感。如果不是你愿意干的，领导硬派你去干，你不服气，你心态不平，就会生气。同样一件事，两种不同的心态，人生在世，既要不断地给自己加温，不断地鼓劲奋斗，又要不断地给自己泼冷水降温。不然，你当了科长想处长，混成处长想厅长，你官职不动心态能平吗？你去年得了奖，今年没有得奖，得了省上的奖，得了全国的奖，以后再没有得奖，人家说你是江郎才尽，你心态能平静吗？你还有烦恼啊！

只要有良好的心态，才能随遇而安，才能不为人家发财眼红，才能不为人家当官嫉妒，才能他当他的官，咱搬咱的砖，豁达、开心，有一个健康的心态、健康的身体就是幸福。

王嘉鹏在遇到飞机空难受重伤后做了多次大手术，每次手术做完后，他都疼痛难忍，那时候他说："不疼就是幸福"。有的人生活优越，没有吃过苦，不知道生活的艰辛，吃什么他都不觉得香，用什么都不觉得好。这就是一种生在福中不知福，这样既便是他生活在幸福中。没有幸福的感觉。因此，不在于有没有幸福，而在于有没有幸福的感觉。

幸福感是一种纯个体心灵的体验，它是外部事物在一个人心灵的折射，它本来就是在每个人心灵深处，当它被触发、被诱发时，幸福感就来临了。活着就是幸福，健康而充实地活着是所有生命完全能够拥有的幸福。

有一个泥瓦匠是少了一只胳膊的残疾人，他常常为自己的残疾而痛苦。当他给一个瘫痪在床的残疾人家干活时，发现这家人虽然贫穷但两口子感情深厚，日子过的也很滋润。他和这家人比觉得自己已经很幸运了，自己少了一只胳膊还能走。他才明白了世界上的事七长八短，上帝赐给你一些，必然要克扣下一些。人们应该努力的创造条件，改变现实，即使改变不了现实，还能改变心态，保持一种幸福的心态，就能永远拥有幸福。

有一个人给别人打工的时候，心想自己要能开上自己的小车就是最大的幸福，自己奋斗了大半辈子，终于买了车，自己

开上车后觉得很幸福，可他的儿子开上了车，并不觉得幸福，所以说幸福不是有没有获得，而是有没有一种幸福感，幸福是人们对生活不同的一种认识，不同的一种感觉。

　　幸福是一种获得需求后的一种愉悦的心情。

漫步西部影视城"老银川一条街"

宁夏西部影视城的两座旧城这些年我去过多次，每次去都看到了新的变动，新的景观。今年"五一"再去影视城又增加了一道新的景观，那就是新建的"老银川一条街"让我留恋忘返，给我留下了深刻的印象。

银川市近年来的建设发生了翻天覆地的变化，随着城市化建设的迅猛发展，旧的建筑随着时光的流逝远去了昔日的沧桑，然而，怀旧的思想总让人在记忆的长河中寻找破碎的痕迹，那是人们心中最珍贵的记忆。面对飞速发展的城市建设，这种记忆越来越淡漠，也越来越让人思念。张贤亮先生是一个唤醒人们记忆的大师，他复原了历史，建造了"老银川一条街"给人们的记忆和想象插上了翅膀，恢复了消失的记忆。

我怀着兴奋的心情，迫不及待地游走在"老银川一条街"上。一进入街道，觉民学社、天成西、汽车站、百川汇、大公报馆、羊杂碎馆等旧店铺比比皆是。特色门楼，旧时民宅，牌匾门头独具特色。坑洼不平的路面，完全是一副旧时街景的模样。我不知道这新建的"老银川一条街"是不是和过去真的街景一模一样，但有一点是可以肯定的，这个复制的"老银川一条"街肯定具有过去老银川的模样和特色。"大同庆"的布匹，"敬义泰"的糕点模型，各个店铺前商品的模型制作的惟妙惟肖，

十分的逼真，给人一种身临其境、穿越时空的真实感觉。有一个上年纪的游客说有的地方和过去的不一样。我觉得现在修的老银川和过去的老银川街景不是很像也没有关系，最起码有过去银川真实的元素，有老银川的痕迹，具有老银川的风格和特征，它不是一个简单的老银川街景的复制模型，它是一个艺术化了的老银川的代表。如同齐白石说的："太像不是艺，太假不是戏。""妙在似与不似之间"的艺术观点。

我在"老银川一条街"上贪婪的欣赏着昔日的情景，仿佛看到一个远去了的历史的背影。特别是马鸿逵的官邸和宁夏省政府的建筑和办公室的陈设，也使人增长了见识，阅读了历史和过去老银川的遗风。徜徉在"老银川一条街"，看着店铺门口逼真的商品道具，给人一种纯朴的怀旧感，漫步在这复古的旧街上，如同回眸历史，穿越在历史的隧道，心中充满好奇，充满美感，它不仅是西部影视城的一个景观，而且是一座旧城，一个文化，一个民俗的大型博物馆。

从"老银川一条街"出来，我默默地赞叹张贤亮先生的睿智和远见，他建的"老银川一条街"，不仅给影视城增加了一道风景，也给社会创造了一个非物质文化遗产的财富。外边的世界越来越现代，而他的影视城越来越复古。谁都知道越古老的东西越值钱的道理，所以，"老银川一条街"的价值是无量的，它不仅有商业价值，更多的是文化价值。张贤亮利用影视城不仅拍了电影，更主要的留住了历史，创造了美，弘扬了非物质文化遗产，创建了这个巨大的古代社会生产方式，生活方法的博物馆，因而，他是宁夏人的骄傲。他不愧是为宁夏文化、中国文化做出突出贡献的大师。

"老银川一条街"是一座历史的雕塑，给人们留下怀旧的美感和遐思……

思　退

　　人这一生从上幼儿园起就开始了追求和奋斗。艰难曲折，力争向上贯穿着人的一生。人只要没有退休就没有个休息停步的时候。有些人即使熬到退休了还不能消停，还要拼搏。有的人的确是生活没有办法，不得不退休了还要干活，但很多人还是完全能放下休息的，放不下的只是不满足的欲望。

　　乔家大院门庭牌匾上的字都是宣扬中庸之道及做人经商的思想，而三号院门庭上赫然挂着的"思退"两个字，让人不可思议。难道他们在建造这个大院的时候，就想到了后来？就想到了撤退？我问导游小姐这两个字是什么意思，她说不知道。我说我知道，意思是乔家大院建筑好后，他们走人，我来参观，你来导游。导游小姐笑着说，可能是吧！乔家大院的人早在解放前就逃走了，如果他们不逃走，那么解放运动，土改运动，文化大革命运动，也使他们在劫难逃啊！乔家大院创造了这巨大的财富，最后退的没有人影子了。这让人们应该好好思考人生与财富的关系。

　　人的一生漫长而暂短，阶阶段段，充满了艰辛，从小学、中学、到大学，一刻都不能停缓的向前奔，三十而立，四十不惑，五十知天命，六十耳顺，七十古来稀，一生中真正有效的时间是25岁到55岁这30年的时间。25岁以前大多是受教育的时候，

一步接一步，考试再考试，没有个喘息的时间。人按照六年一个规划，五年一个阶段，人生要有计划，每一天，每一月，每一年，都要有计划地去做事情，不能稀里胡涂的混日子。人到55岁以后，基本就到了完成计划的时候了，一个人的创造力，精力都到了走下坡路的时候了，到了退位让贤的时候了，不可能再雄心勃勃地追求什么了。不要再刻意的追求名利了，要有一个安详的心态。就要给自己说，认命吧，就要时时告诫自己知足常乐，随遇而安。也要认输，承认自己就这么大的本事，就这样了！

如果过了55岁还要辛苦的做事，还要争强好胜，还要在理想中生活，那就是不明智的了。花无百日红，人过55岁也该到了歇息的时候了，该到思退的时候了。辛苦了一辈子，奔波了一辈子还能怎么样？一切都成定局，无论做官、做民、做学问都到该思退的时候了，都必须有一个平常的心。都应该到了给自己划句号的时候了。思退也是人生的一个关口，尤其当官做事就像飞机升起来一样，要安全起飞，工作就像飞机在天上翱翔，退休就像飞机降落一样要平安着陆，到停稳当了，才算最好的结局。

快乐人生，平安思退，安度晚年，那才是人生最美好的黄昏和境界。

不能忘却的纪念

夏日的午后四点多钟，我和妻子、儿子开车到黄河渡口边，进行了一次近似于宗教般虔诚的烧画行动。我要把三十多年前开始学画画的习作，在黄河岸边这块干净、宽广的地方焚烧。

1979年1月1日，我背着从陕西渭河防洪工地背出来的铺盖卷来到宁夏的建筑工地，一边打工，一边学画画，不知道学画画从哪里入手，没有人指点，我看到附近师范学校美术班的学生在街上画速写，到集市上画赶集的人，我也就学着他们的样子画街上的行人，画摆摊子的小商贩，那时候我很勤奋，但是很盲目的画人物速写、素描，上下班前画，休息的时间画，随身带个小本子，走到哪里，就画到哪里，晚上到旅馆画住店的人，逢集就画赶集的人，到田野里画放羊的人，近于疯狂地画，除了吃饭睡觉干活，再没有别的事情，只有一个信念就是要考上大学，由于自己不理解的乱画，不得要领，走了很多弯路，但是天道酬勤，就是这样勤奋地画，才一步步走上了学画画的道路，走上了农转非，走上了给我安身立命的美术之路。现在看来，我保存了几十年的这些习作画，很多都是乱画，但就是有了这些拙劣的画稿，才熟能生巧，所以，几十年来多次搬家我都把这些画作爱若宝贝，随我一次次的搬家又搬家，很多时候连我自己都没有住处的时候，我都把这些画稿妥善保管，舍

不得丢弃，我家搬到哪里，就把这些画稿带到哪里。现在我家有几套大房子，我却要把他们烧掉，除了家里的东西太多，不好保管外，更多的是我思退的一个情节，是我告别青春记忆的一种仪式。

夏日的黄昏，夕阳西斜，黄河岸边凉风习习，空旷无人，寂静肃穆，滔滔黄河滚滚而去，浩浩荡荡，却无声无息地默默的向东流去，我蹲在黄河岸边解开几捆当年学画画的画稿，一页一页的送入火中，这些画稿纸张不同，大小不同，做画的时间不同，我一本本打开，我一边焚烧，一边给妻子和儿子讲我当年画这些画时的情景，现在这些画稿一把火成了灰烬，我的心情很激动，记忆的大门骤然打开，我似乎看到三十多年前我那消瘦、单薄的身影，背着画夹奔走在各种各样的场合，带着迷茫，带着无奈，拖着疲惫的身子，顽强学画画的可怜样子。我一边焚烧，一边给他们讲这张画的是一块干活的小张，这一张画的是小王。这是我在收容站画的盲流，这是我在火车站画的等车的人等等，每一幅画都有一段记忆，妻子说，你当年画的这些画也就太差了，我说，李可染先生说，"废画三千"才出作品，就是这最初的画稿，由数量到质量，以笨补拙，才使我走出苦难，走出贫穷，走上美术之路，走到你跟前，这些画稿是我对绘画的初恋，是我青春期最执着，最有动力的信念，没有当年这些幼稚的画，就没有我的今天。我永远难忘那段艰苦求学的经历，所以我不忍心随便丢弃，想我当年为了考美术院校，疯狂地画这些画稿时的困惑，多次仰天长叹，我到底画这些画能不能考上大学？出路到底在哪里？那时候我就有一个心愿，我要珍惜这些画稿，如果我成功了，我首先要感谢这一堆堆画稿，感谢无数为我做过模特的人的帮助，我要永远记住

我画这些画稿时候的艰难和勤奋，有时候我一天能画一个本子的速写，一天能画七八张素描头像，每次画完后我都把这些画稿挂在墙上，看了又看，想了又想，我想只要疯狂地画，肯定有好处，我只要这样努力了考不上也就认命了，有时候画的自己满意了就有信心，相信我能考上大学，睡下了又把灯拉开，再爬起来欣赏我的画稿，似乎有一种安慰，如果画的不好，心里就很难过，压力就很大，失望痛苦的睡不着觉。有时候偶尔看一场电影，从电影院出来后，就有一种浪费了时间，没有画画很愧疚的感觉，心慌不安。有时候找不到要画的模特，我就对着镜子画自己，常常画得自己泪流满面，忧心重重，心里吟唱着电视剧《徐悲鸿》的插曲：“希望之火在哪里？生命之光在哪里？在追求中闪耀，在奋发中燃起，几度风雨，人生路上多少艰难，几番磨砺，心中更添奋斗的勇气。用炽热的情怀，铸成永存的主题，希望之火不灭，希望之光不熄。”给我鼓励、

给我力量。

我焚烧的每一幅画，都能忆起当时作画的情景，都能从这些画稿中看到我当年的窘迫，那个孤独无助，背井离乡求学的贫穷青年，一个打工者，一个流浪者可怜的身影。有一年十月国庆节，我住在建筑工地的工棚里，把画稿贴满了工棚的墙上，工头过来不让贴画，把画稿撕烂了，我就和工头打到了一起，我现在手里就拿着被工头撕烂的画稿，我郑重地小心地把这画稿送入火中，想起当时那个可怜样，心里很难过……

我和工头打完架的第二天是国庆节，建筑队放假，我到火车站画候车的人，画到晚上 12 点我和很多没有车票的人被警察送到收容站，我在那里呆了几天，开始我还兴奋的画被收容的人，呆了几天才发现我也是被收容的人，我难过极了，我现在看着当年在收容站画的画稿，如同抚摸我身上陈旧的伤疤而隐痛。

画稿一张张随着我对岁月的记忆，对苦难的萦回，在烈火中消失，飘向远方，面对滚滚黄河，我们一家人近似宗教般的虔诚，焚烧了画稿，焚烧了记忆中苦难的岁月，也完成了我当年的愿望，这是对画稿的敬仰，是对青春的祭奠，也是对苦难求学之路的敬奉，是我青春期最艰难、最闪光的一段记忆。

当年我为画这些画稿常常步行很远的路，渴望有个不值钱的旧自行车却不能如愿，现在我开着宝马车来焚烧画稿，是对贫穷岁月的告慰和感谢，告别苦难，告别艰辛，留下美好、留下真情。看着我保存了几十年心爱的画稿成了灰烬，如同焚烧了我的心肝，我感到心酸，我给他们找了个宽广、宏大的归宿，把他们存在天上，存在我心里，如果有来生，我还会虔诚的再把他们捡起。

　　告别了滚滚黄河，告别了我的画稿，告别了我青春期对于苦难的记忆，告别了我的岁月我的梦，我珍惜那种勤奋顽强求学的精神，那是我人生丰厚的财富和宝贵的记忆，让我刻骨铭心，永远难忘。

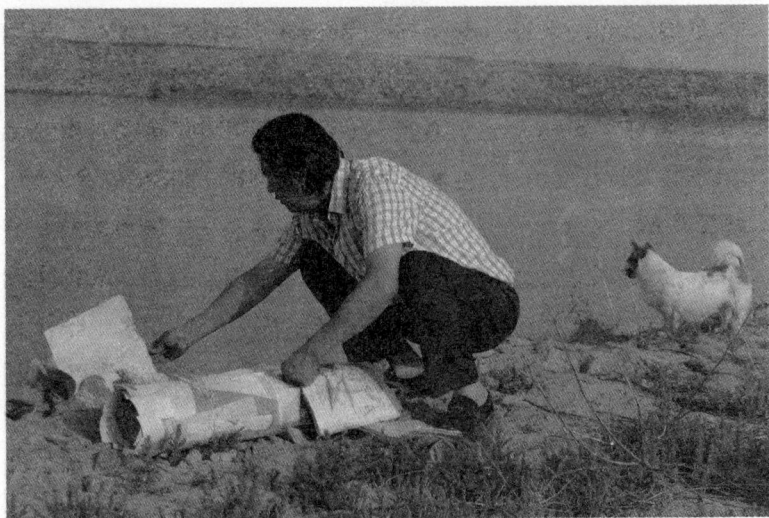

跋

　　从 2011 年到 2013 年两年的时间，我都在为出版《美之路》文集和画册两本书忙碌着，直到 2013 年春节前这两本书总算出来了。新书到手，身心疲惫，费钱费神，我发誓不再出书了。刚清闲了不到半年时间，文联计划出版一个十人组合的丛书，几位写作的仁兄鼓励我说条件优越，机会难得。对于一个喜欢写作的人来说，有机会把自己写的东西出版成书，是多么好的事情。我经不住诱惑，于是，又一头扎在再出书的繁忙中了。如同我每次旅游回来筋疲力尽，都说以后再不出去旅游了，可是过一段时间呆腻了，把以前出门旅游的艰难跋涉忘了，又想出门旅游。

　　除了写作、画画，我再没有其他爱好。我干不了别的什么大事，又不能不干事。我是文化馆的文学创编，写作是我的爱好，也是我的工作。写了，就不能把它当做废纸，再出书，把以前出书的麻烦又忘了，如同童话里没有记性的猴子过猴山，由于好一口酒，常常经不住诱惑，被猎人灌醉放了血。我也是，既然喜欢写作，既然想出书，就不怕麻烦。人就是这么不断地在拼搏中前进的。所谓逆水行舟，不进则退。

　　在我整理完这本书稿，撰写这篇跋文的时候，我又一次一遍遍翻阅，掂量我以前出版的四本书。尽管有这样那样的遗憾，但总是一种收获，我不敢奢望每一本都是精品，但都记录了我的辛勤劳动和思想轨迹，浸含着我的心声，或"言志"或"载道"，踔绝无羁地以文学的名义写我对世界的认识，一吐为快。我遗憾地发现我的写作水平不但没有长进，我的世界观依然没有变化，甚至更加的不合适宜。固执倔强，一意孤行，难怪我没有入党升官，经商发财。我依然如同在沼泽中拼搏，谨慎做人，努力做事。

世界无限大，有太阳、有月亮、有大小不同的星星，也有萤火虫。他们各自按照自己的轨迹生存，有多大的能量就发多大的光。人人竞争，个个出彩，这是人的本能和自尊。在中国文学的圣坛上《红楼梦》是经典，无人超过，但还是有人说三道四，还是有千千万万人拥挤在写作这条千万人里出一两个名人的艰难道路上，只见忙碌，不见收获。正因为这样，世界才显得丰富多彩，《红楼梦》虽好，但不可能一个图书馆只有一本《红楼梦》。世界本来就应该是万紫千红，百花齐放的，因而，我还是要继续写，不管成绩如何，做着就好。我把这五本书爱若宝贝，这是我的心血，我的劳动，也是我心灵的安慰。

在这个集子里，选取了以前发表和刊登过的一些作品。为了保持当时写作的心态和认识，保持原汁原味，没有做修改，现在看起来还有这样那样的问题，也是在所难免的。

在我撰写这篇跋文的时候，我一遍遍阅读已出版的四本书的序言和后记，觉得还满意，在这里我几乎无话再说，写来写去，跳不出我自己的高度，这就是我，这就是我的才情和个性，天生我才只能这样，只好如此。

是为跋。

马永成

2013年6月25日于家外家工作室